二次谋杀

Recidivist Murderer

费沐 —— 著

当代世界出版社
THE CONTEMPORARY WORLD PRESS

图书在版编目（CIP）数据

二次谋杀 / 费沐著. —北京：当代世界出版社，2018.9
 ISBN 978-7-5090-1434-9

Ⅰ.①二… Ⅱ.①费… Ⅲ.①长篇小说—中国—当代 Ⅳ.①I247.5

中国版本图书馆CIP数据核字（2018）第185531号

书　　名：	二次谋杀
出版发行：	当代世界出版社
地　　址：	北京市复兴路4号（100860）
网　　址：	http://www.worldpress.org.cn
编务电话：	（010）83908456
发行电话：	（010）83908409
	（010）83908455
	（010）83908377
	（010）83908423（邮购）
	（010）83908410（传真）
经　　销：	全国新华书店
印　　刷：	北京盛彩捷印刷有限公司
开　　本：	880毫米×1230毫米　1/32
印　　张：	8
字　　数：	143千字
版　　次：	2018年9月第1版
印　　次：	2018年9月第1次
书　　号：	ISBN 978-7-5090-1434-9
定　　价：	46.00元

如发现印装质量问题，请与承印厂联系调换。
版权所有，翻印必究；未经许可，不得转载！

二次谋杀

目 录

章一	·	001
章二	·	014
章三	·	028
章四	·	051
章五	·	067
章六	·	082
章七	·	102
章八	·	114
章九	·	124
章十	·	139
章十一	·	152
章十二	·	165
章十三	·	175
章十四	·	185
章十五	·	202
章十六	·	214
章十七	·	226
章十八	·	240

章 一

十二月九日,星期五,离放学还有十分钟。

有人开始偷瞄墙上的挂钟,教室内逐渐躁动起来。

何遇的同桌悄悄扭过小半个身子,尽量压低声音说道:"嘿,等下要不要去网吧?"

"不了,等会儿有事。"何遇头也没抬地说。

同桌有点愣住,不知该转回身,还是继续这个话题,只能尴尬地笑了笑。

换做平常,何遇不会拒绝得如此直接,甚至会陪同桌去网吧,虽然肯定会提前离开。倒不是说他对上网、游戏不感兴趣,只是不方便,他经常浏览的网站不方便让其他人看见。

"我要去,学校后门那家不错,网速快。"声音从何遇身后传来。

"那家太贵了吧,一个小时六块钱。"同桌扭转身子,又尽量保持不让老师发现。

二人陷入了去哪家网吧的讨论中。何遇扫了一眼教室,类似的暗地讨论有三四处。他的位置在最右边的倒数第三排,很适合观察,所以他很喜欢这个位置。

这种暗处观察的感觉,令他有些怀念。升上初中以前,何遇过着与他人老死不相往来的生活。不管是午休时间,还是走过走廊的时候,他都与别人保持一定的距离。总之,他属于那种不合群的学生。现在本质上还是如此,但他不再以一种冷冷的目光注视同学间的喧嚣和打闹。相反地,他不但会对别人的话做出回应,为了使人际关系更圆滑,他甚至还会参与一两个集体活动。他学会了做一些使自己更像平常人的最基本事情。

不过,这一切都是表面功夫,他的那些投向同学们的微笑也多是违心的。

"安静!安静!还有五分钟。"显然数学老师已无法忍受如此肆意妄为的悄悄话,手中教尺猛敲着金属台面。

"母老虎发飙了!"一名同学脸埋在课本里,偷偷骂上一句。

数学老师似乎听见了,绷着脸寻找声音的源头。这时,下课铃声响起,何遇能感觉到所有人都松了一口气。数学老师无奈地合上课本,代表着放学了。

时近深秋,校门口细碎的叶子夹着冷风迎面扑来。何

章一

遇深吸一口气，不紧不慢地走着。在他背后，夕阳缓缓地落了下去。

那么红，却也那么冷。

何遇在苏州河前走上台阶，要回家的话，必须在这里过桥右转，去搭乘四路公交车，这是最快的路径。但何遇却朝公交站的反方向走去，他今天有事。

驻足在斑马线前，何遇望向街对面。前方是一个地铁站，正值下班高峰，人潮涌动。余晖下，人的影子被拉扯到极限，细长而扭曲。

见信号灯迟迟不跳绿，何遇想到了什么，遂向右转。往前几百米，就是被高楼大厦遮蔽了的老城区。何遇经过一片道路施工区，沥青的刺鼻气味令他又裹紧了遮住半张脸的围巾。冷风开始掀动他的外套，但他的注意力都集中到了前方的直角路口。

远远地，他看到马路旁散落着一堆小碎石，周遭蔓延出暗红的血渍。何遇弯腰捡起一块石头，有些失落。

两名路过的行人见到何遇失落的神情，猜测他就是昨日那起车祸的家属，纷纷摇头惋惜。

已经不新鲜了啊。何遇嗅了嗅碎石，这样想着，很是惋惜。

车祸发生时，何遇刚好在场。据说是买菜回来的妇女没注意到主干道在施工，习惯性地闯红灯。而此时不熟悉路况的车辆都挤进了这条辅路。这都不重要，重要的是他亲眼看见那个人被一辆飞速行驶的小车撞飞,而后又被一辆面包车狠狠地碾压过去。在空中的时候,那具人形尚可称之为"破烂的人偶",但面包车碾过以后,就只能算是一摊烂肉了。当时周围的路人有的惊叫,有的慌不择路地跳进草丛,还有的两腿发软脸色煞白。何遇为了让自己显得正常点,尖叫着慌忙后退两步躲进围观人群,随后他便为自己这种行为感到可笑了。

那近乎完美的抛物线,远比黑板上的线条要优美得多,渗入地面的鲜红血迹,在何遇看来,是一串极为庄严而特别的符号——那才是生命的真正意义。

这样想着,他感觉有一股神奇的力量从身体由下而上迸发出来,让他不禁有些颤抖。这股感觉并不冰冷,也不炽热,带给他前所未有的自由和舒适,还有一种熟悉感。

"妈妈?"他低头看着碎石,喃喃自语,又立刻沉默下来,脸上布满茫然。

脑中怎么会突然浮现母亲的笑容?他连母亲的模样都记不清楚,怎么会记得母亲的笑容。毕竟他从上幼儿园起就跟着姑姑生活,之前的记忆则是一片模糊。

何遇猛甩了一下头,努力将那张笑容从脑中抹去。既然记不清,又何必去思索。虽然他对自己这样说,却止不住地去回忆自己这份对尸体和血液的渴望从何而来。

他能回忆起幼儿时期的零碎片段,自己也曾像普通孩童一样跟母亲玩耍,幻想自己是齐天大圣或者奥特曼。有

章一

时自己会调皮，母亲则会坐下来讲鬼故事，估计是为了抑制孩子爱玩闹的个性吧，想吓吓何遇。他甚至记得母亲讲过一个关于吸血鬼的故事，一只贪婪的吸血鬼常常抓走捣蛋鬼的故事。关于母亲的记忆，到此戛然而止，之后他和姑姑一起生活，就像一部电影丢失了一段胶卷。

母亲为什么会突然消失，只有六岁的他曾反复问姑姑，所换来的答案是一个充满同情的犹豫表情。从此，他不再像普通孩子那样，想跟朋友或宠物玩耍，而是时时刻刻幻想着尸体和血液，来度过每一天。

答案在缺失的那部分记忆中，这是他早已得出的结论。

难道自己是因为听了吸血鬼的故事，幻想自己是吸血鬼？何遇自嘲地一笑，看了看手腕上的表，已经快五点。

他早已接受自己身体内的恐怖渴望。至于原因是家庭暴力使自己的脑子受了刺激，抑或素未谋面的父亲是杀人犯，自己身上流着杀人犯的血脉，他并不在意，就算说自己是吸血鬼都可以。

何遇折回之前的路口，他约了戚夕，初三另一个班级的可爱女孩。她笑起来会露出两颗尖尖的小虎牙。

他跟戚夕相约在巷子里一家奶茶店见面，显然戚夕还未到，他点了两杯热可可，并不心急。

奶茶店不过二十来平方米，靠里的位置摆了四把高脚凳，没有桌子。一对年轻情侣占了两个位子，何遇在更靠门的位子坐下，刚好能透过玻璃门看见外面的路人。

店主是对年近半百的夫妇，养了一只胖胖的灰猫，何遇伸出手轻轻抚摸，灰猫很是享受，发出咕噜咕噜的声音。

何遇没有养过猫，只是偶尔在上学路上，一只奇怪的黑猫会突然跳出来，来回蹭着他的脚踝。久而久之，黑猫就经常蹲坐在那，等待着何遇的到来。

那就摸一摸它吧。某一次，何遇这样想着。他对自己的行为感到诧异，居然对一只猫产生了些许好感。

但等他回过神来，却发现怀里的黑猫已然失去生机。

刚刚发生了什么？何遇茫然若失，看着自己手背上的两道抓痕。

他蹲下身，梳理黑猫挣扎时弄乱的毛发，下意识享受着它逐渐消失的体温。

"喵——唔！"灰猫吃痛地跑开了。

何遇拿起热可可，喝了一口。

半小时后，戚夕依旧未出现。他们成为朋友是近两周的事，戚夕有时会约他一起回家，但从未迟到过。戚夕的生活极其规律，除了上学和在家自习外，周末还要上补习班，几乎没有课余时间和朋友出去玩。所以她看起来开朗，实际上总是一个人。

何遇第一次撞见戚夕，正是她独自一人在这家奶茶店门口徘徊的时候。那天晚上，何遇一个人走在街上，看见她正低着头在门口找寻什么。她一不小心撞到何遇，脚下一滑，用手撑地才勉强维持住平衡。于是何遇问她要不要

章一

紧，伸手去拉她，她却笑着露出虎牙，说了声谢谢。

她继续低头寻找，甚至想挪开何遇的脚看看，几乎绕着何遇的脚踝转了一整圈。那时，何遇觉得戚夕活像自己之前撞见的那只黑猫。

奶茶店柜台上的时钟开始准点报时，何遇瞟了一眼，六点了。她估计不会来了，何遇拿上两杯可可，起身离开座位。

推开玻璃门的时候，何遇撞见了几个平时交集不多的同班同学，双方皆是一愣。何遇立刻微笑着打了声招呼，孙天铭、李海和邱实也简短地回应了下。擦肩而过的时候，何遇隐约听到他们正在兴奋讨论某件事，剔除掉一些"他娘的"之类的脏话，余下是"照片""裙子""可惜了"等词汇。

孙天铭是这个小团体的头，初三以前就读于别的中学，据说是被开除了。他父母花了大价钱，才转到何遇所在的中学。

何遇出了奶茶店的门右拐，一辆洒水车刚巧经过。水雾中，一个娇小的身影若隐若现。

"何遇。"戚夕气喘吁吁地停在何遇面前。

戚夕显然是一路小跑过来的，双马尾凌乱地被抛在脑后。见何遇盯着自己，戚夕双颊微微泛起红晕，低下头，手指不停捏着棉布裙子。何遇把奶茶递过去，尽管已经凉了，戚夕却还是大口喝着。

"你头发上粘了脏东西。"何遇伸手想帮她拍掉那东西。

"不要,我自己来。"戚夕脸上闪过难以掩盖的惊慌。

话音未落,何遇已经取下了那东西,似乎是某种奇怪的黏液,有轻微刺鼻味,半透明状。

戚夕脸上的惊慌更甚。何遇假装没注意戚夕的神情,低着头,似乎还在好奇。其实何遇早已有了推断,眼神瞟向奶茶店内的孙天铭一伙。

何遇抬起头,似乎一切如常地说:"你刚刚去哪儿了?"

见何遇没察觉出什么,戚夕悄悄松了口气,"那个……老师找我有事。"

老师留下来的常是差生吧,你成绩那么好。虽是这么想,何遇嘴上还是答道:"是嘛。那回家吧。"

戚夕顿时灿烂地笑道:"嗯。"

何遇的心思在奶茶店和身旁少女间流转,明知道始作俑者在这儿,还来找我?不害怕吗?

少女的心思全然在何遇身上,讲述今天所发生的趣事,时而露出两颗可爱的小虎牙。何遇微笑着回应,比平常笑得要自然。

二人顺着大马路往前走。

在离戚夕家还有一条街的距离时,何遇若无其事地告别。

冷风中,少女泛白的手指紧握那杯失去温度的奶茶,抬起头,显出复杂而孤单的神情来。

章一

呼啸往来的车流，淹没了二人背对的身影。

街两边的店铺已拉上了卷帘门，都是些小吃奶茶、文具饰品之类的店铺，关门有些早，让这片区域看起来像是脱离了这个城市。

夜晚温度降低，还没换上冬装的邱实打了个冷战，不免开始想念家中的暖气。他忍住哆嗦，向站在一旁的李海靠拢，"我们这么晚过来干吗啊？"

"别废话，等会儿你就知道了。"李海一副充满期待的神情，没有向邱实解释的意思。

邱实想还嘴，却只是在心里骂了一句，然后很自觉地退到一边。他没把握能吵过李海，而且孙天铭肯定会站在李海那一边。想到这里，他有些郁闷，自从孙天铭转学过来，李海成天和孙天铭凑在一起，自己都没有知晓要一起去做什么的权利。就像今天下午，等他到了巷子，才发觉还有个可爱的姑娘。

一想到居然对一个同年级女生做了那种事，邱实就有些后怕，对方不会把事捅到教导主任那儿去吧？

孙天铭终于挂掉手机，勾住李海的脖子，笑了起来，"李海同志，你立功啦！"

"哈哈哈，那妞儿确定会过来？"

"那可不，照片拍得那么漂亮，一发过去，估计她脸都绿了。她敢不来，老子就敢把照片撒到校门口。"

两人互相勾着脖子，嬉笑打闹。一旁的邱实听得着实有些发怵，他算是明白了，孙天铭和李海还不打算放过那女生。孙天铭口中的照片都是李海蹲在学校女厕所偷拍的，加上今天下午女生的照片，少说也有十几张。

他们想做什么？邱实已经不太敢往下想。平常背着父母偷偷看AV也就算了，这犯法的事不能沾啊！他已经在想借口开溜了。

"你小子不会又想开溜吧！"似乎看穿了邱实的胆小，孙天铭照着邱实后脑勺拍了一下。

"这……不好吧。"邱实的声音低得可怜。他可还记得忤逆孙天铭的下场，有个倒霉蛋就因为没借作业给孙天铭，被孙天铭和李海一顿暴打，后槽牙都打掉了。当时邱实也加入了施暴的行列，那是孙天铭的命令。

看邱实也没那个逃跑的底气，孙天铭冷哼一声。要不是李海经常告诉他，如果出事了，三个人担责任总比两个人要好，孙天铭早就让邱实滚蛋了。

"DV带了吧？"孙天铭问李海。

"带着呢，我都检查三遍了。待会儿可是重头戏，不能错过。"

孙天铭每次施暴，都一定要李海拍照或录像，用他的话来说，"这可是荣誉，值得纪念。"

"那就好，今晚我一定让那小妞从了老子！"

"要是她还反抗怎么办？光以前拍的照片搞不定她啊。"

章一

今天下午就是，好可惜……"

孙天铭做了个等一下的手势，开始在背包内翻找。邱实瞟向期待中的李海，他一直觉得李海和他一样胆小，以前和他一起欺负低年级的学生，也就光挑个头矮的，碰见个头高的，吭都不吭一声。没料到李海跟着孙天铭，胆子变得这么大，今天下午那女生宁死不从，帮忙架住女生的李海还被咬了一口。孙天铭居然敢把女生踹倒，两人还能对着女生手淫。

孙天铭掏出一个黑色塑料袋，拿出两瓶矿泉水，都只装了三分之一，分别递给李海和邱实。

"李海，这个是氯仿，只要一小瓶就能让那小妞昏倒，之后呢，你想干吗就干吗。"孙天铭边说边向李海抛了个媚眼。

"邱实手上这个叫作'宠物'。只要几滴，就能让女生对你言听计从。"

"还是铭哥路子广啊！"李海几乎都快要冲上去，和孙天铭拥抱在一起。

"哈哈，有钱能使鬼推磨哟。"

邱实看着得意的孙天铭，感觉他不是第一次用这两样东西。

"嘘，有人来了。"孙天铭让两人靠墙躲好。

三个人扒着墙边，露出半个脑袋。邱实能看见一个穿裙子的女生正在走近，步伐很慢，似乎是独自一人。

"走得真骚啊。"孙天铭舔了舔嘴唇。

孙天铭现在的声音,在邱实听来就像野兽。女生已经走得够近,邱实能确定就是下午那个女生。

孙天铭从兜里掏出一块手帕,洒上一点李海手里的氯仿,招呼李海一起上前。两人往前走了两步,孙天铭又回过身,恶狠狠地警告邱实,"你给我在这儿望风!敢跑,哼!"

随后,两人一路小跑接近女生。邱实留在原地,距离有些远,听不清对话。他能看见两人一前一后围住了女生,女生似乎意识到不对劲,不计后果地想逃跑。可初中女生的力量哪比得过男生,何况孙天铭手里还有氯仿。

几分钟后,孙天铭和李海一左一右拖着女生走向邱实。女生被两人拖得左摇右晃,宛如死尸。

"这东西真好用,还是你有办法。"李海已经迫不及待,开始将手伸进女生的衣领。

一串钥匙猛地抛向邱实。

"快!开门!"孙天铭的语气不容置疑。

"铭哥,我……我……我还是回家吧。"邱实本能地接住钥匙,脚下却仿佛和地面黏在了一起,迈不开步。他被吓得连理由都编不出来。

孙天铭松开女生,女生晃了晃,没有苏醒的迹象。孙天铭一脚踹向邱实的大腿,邱实本就腿发软,这一脚,直接让他瘫倒在地。

"软蛋!"孙天铭边骂边捡起钥匙,"你已经是帮凶了,

章一

逃不了干系！"

突然，一首流行音乐在三人身边响起，三人吓了一跳。愣了一下后，李海又在女生身上乱摸起来。

"你别他妈摸了，快找找声音是从哪儿传出来的！"孙天铭已经打开手机光照向地面。

"在这儿，在这儿。"李海手里拿着个粉红色的手机，是从女生口袋翻出来的。

屏幕来电显示是，"小可爱的妈妈"。

章二

"喂,你好。"何遇接通电话。

"戚夕在你家吗?我看见过你和她……"电话另一边的声音刺耳,语速极快。

"请问你是?"何遇不得不打断对方。

"我是戚夕的妈妈,你是不是她男朋友?"

"呃……不是的,阿姨你误会了。"

"你别急着否定,我女儿什么事都会告诉我,她手机里的微信我都看过。"

"阿姨,微信内容你不都看见了吗?都是关于数学作业的事。"何遇往椅背上一靠,想着几天前确实和戚夕互发过微信,估计戚夕妈妈是偷看的。

"谁知道你们小年轻都是怎么想的。阿姨跟你说,早恋是不对的,用心读书,考上重点高中才是正事。重点高中

章二

考上一本更容易……"

刚开始何遇还会简短回应戚夕的妈妈,但几分钟后,他的心思已全部转移到了面前的笔记本电脑上。电脑上正在播放一部老电影,虽然制作很粗糙,人物都是在背景板前表演,但电影中的开膛手杰克还是深深地吸引着他。

他可不想浪费难得安静的夜晚,正好姑姑去国外出差了,两个星期内都只有他一个人在家,这可是难得不用避讳,放肆享受的好时光。

戚夕好像出事了。何遇脑中闪过这么一个念头,眼睛却紧紧盯着杰克用刀刺向女性的每一个镜头。似乎有些过度杀戮啊,杰克很享受吧?当开膛手杰克在女受害者的脖子上连划九刀的时候,何遇忍不住评论道。

戚夕的妈妈依旧在絮叨,似乎认定戚夕就在何遇家中。

"戚夕没回家吗?"何遇开始担心电话费。

电话那头沉默了两三秒。

"真的不在你家?"戚夕的妈妈开始动摇自己的猜测。

"阿姨,是真的,不信我可以把我家地址告诉你,你亲自过来看。"

"那这丫头会去哪儿啊?可急死我了。"

"打过戚夕的电话吗?"

"打过,没接通。之后再打,就一直是关机。我以为她是怕我骂她,就不敢开机了。"

"阿姨,你能把戚夕离开家时的情况详细告诉我吗?"

何遇皱着眉，沉思几秒后说道。

"唉，那孩子可是一直很乖的。"戚夕妈妈嘀咕了一句，言外之意是何遇把戚夕带坏了。

据戚夕妈妈说，今天是周五，像往常一样，戚夕晚上会出门遛狗。德国牧羊犬精力比较旺盛，遛狗的时间会长一些，所以她一开始也没太注意时间已经晚了。直到有人打电话来家中，她才发觉戚夕不知去向。

打电话来的是熟人，说是戚夕把她家的狗留在他店里，让其帮忙照看一会儿，结果过了一个小时都未领走。便利店要打烊，不得已才打电话给戚夕妈妈。便利店和戚夕家隔得也不远，就七八个路口的距离，不过比平常遛狗的范围要远。戚夕妈妈只能先跑去跟人家道歉，为此还在便利店内多买了两份狗粮。

回到家后，戚夕妈妈左等右等，也不见戚夕回家。电话又是关机，她才想起戚夕这两个礼拜好像每天都有什么开心事，成天乐呵呵的。

戚夕妈妈就拨通了暗地里记下的何遇电话。当然，暗地里记下何遇电话这件事，是何遇的单方面猜测，戚夕妈妈可没亲口承认。

"便利店的地址能告诉我吗？"

戚夕妈妈没多想，如实回答。

"你是不是知道什么？"戚夕妈妈补了一句。

"没，我也不知道她去哪儿了。叔叔不在吗？要不阿姨

章二

你跟叔叔先找找。"

"戚夕她爸爸检查身体住院了,我一个人该怎么办啊!"戚夕妈妈的声音带上了一点哭腔。

"好好好,我打电话给同学,帮你找找。"

戚夕的妈妈说了声"谢谢",挂断电话。

何遇放下手机,并没有打电话给同学的意思。

电影继续放至结尾,最后一个镜头是开膛手杰克在被杀害的妓女手腕上刻上了一个十字。何遇不是很理解杰克这么做的意义。

片尾字幕开始滚动播出,何遇瞟向桌面右下角的时钟,刚过十一点。

何遇调出手机通讯录,拨通戚夕的电话,依旧是提示已经关机。

戚夕会遭遇到不测吗?要去救她吗?

何遇这样问自己,脑中浮现的是戚夕笑起来露出的那两颗小虎牙。自己对戚夕抱着何种情愫,何遇自己也不清楚。说是喜欢吧,他自己也不信,说是青春期荷尔蒙作祟,他并不像同学那般,对性有着莫名的冲动。他想着新来的美术老师,上课时同桌紧紧盯着那对D罩杯,目光不断在其股间和胸上游移,他都不明白,有那么好看吗?

何遇站起身,走至铺满半面墙的书架前。他拨开书架侧面的锁扣,用力一拉,随着"咔嗒"一声,书架外层徐徐向两边展开,露出内部的第二层。上面摆放着何遇珍藏的动物标本，某些标本只有骨架，当中还掺杂着几个被何遇切掉头部的人形娃娃。

他闭上眼，轻轻抚摸着这些标本，每抚过一件标本，他就觉得连空气都甘甜了一分。直到指尖传来那熟悉的触感，他停了下来，看着自己制作的第一件标本。

"你说，我该怎么做？"何遇望着黑猫。

被做成标本的黑猫不会回答，静静地用它那失去眼球、只余下两个窟窿的眼睛回望着何遇。

沉默半晌，何遇叹了口气，又将书架拉回原位。

这时，一本书从书架上掉落，在地板上砸出一声响。

明月似洗，已经更深夜静时分，街上没有一个行人。路东边是白墙斑驳，西边横着几根白天晾晒衣服的竹竿。老城大半的路灯坏了，只有一盏倏忽闪烁，明灭无常。偶尔几声断断续续的咳嗽从甬道远处传来，倘若抬眼望去又不知道人在何处，越发衬托得荒凉心惊。

学校位于老城和新城的交界处，几栋泛着星星点点的大厦矗立在黑暗的尽头。何遇漫步在漆夜的街道上，几栋教学楼已近在眼前。对于这种黑暗的环境，何遇似乎有种天生的亲近感，十分舒适。

学校大门紧闭，没有撬开的痕迹。何遇朝上望去，四米多高的校门，从这个角度望去，颇为壮观。学校发生过盗窃事件，被偷的是封存好的期末考卷，而且不止一次。

章二

那段时期，学校市重点的名头似乎岌岌可危，可又抓不住犯人。一不做二不休，那位秃头校长卡着教职工的工资不发，硬生生将学校围墙拔高了两米，还增加了两名夜班保安。可算是下了血本，才平息事件。

这点何遇还挺佩服那位秃头校长的，在保住自己位子和惹属下众怒之间，果断选择了前者，自私自利毫不做作。

人一旦安逸之后，总会再次松懈，只是时间长久的问题而已。蜷缩在岗亭内的值班保安，现在正打着瞌睡，何遇站在他面前，他也毫无反应。

何遇摇了摇头，难道戚夕去了更远的方向？

关于戚夕的去向，何遇的逻辑推测其实很简单。戚夕应该是在遛狗的过程中接到讯息或电话，然后她本想带狗一起去目的地。但是在半途中遭遇了某种变故，戚夕不得不将狗留在便利店。何遇猜测，应该是狗走出了自己熟悉的领地范围，情绪有些焦躁，或者是直接和别的狗起了冲突。

也正因为便利店不在戚夕平时遛狗的范围内，何遇才能确定狗是被半路留下的。这样一来，便利店就相当于路标，戚夕的去向是以其所居住的小区为端点，向便利店引出的延长线。不能明确目的地，但大致方向是有了。戚夕本想带狗过去，所以肯定在戚夕步行范围内，宠物狗可不能乘坐公共交通工具。

结合这两点，恰巧学校又在戚夕的必经之路上，何遇便先来到此处。

二次谋杀

何况能让戚夕不跟家里打招呼就出门的，八成又是和那三个家伙有关。三人熟悉学校情况，正值周末，四下无人，正是下手的好去处。

当然三人也可能选择别处，何遇摸了摸下巴，朝学校侧门走去。他明白，单纯地推测，很少能确定结果的唯一性，自己需要去一一验证。

学校侧门有一整条街的小商铺，多是依托学生为客源的文具饰品店。周末学生放假，没人光顾，商铺早早关了门。选择此地碰面的话，孙天铭还真不怕有人目击。

何遇加快脚步。此刻的他内心有股冲动，他不期望戚夕出事，就像他决不允许旁人去触碰他的标本。

离侧门还有五十米时，一个熟悉的身影出现了。何遇不假思索地转身朝反方向走去，他能确定那人是邱实。透过街边的反光镜，他看到邱实朝他的方位张望了一会儿，随后又有两道身影从侧门窜出，三人逃命般朝远处跑去。

何遇从阴暗处现身，迅速穿过学校侧门，他有不好的预感。

通过一片死寂的操场，何遇直奔二号楼。出过盗窃考卷事件后，学校教室和教职员办公室的钥匙有专人保管，每天都由保安统一开门和关闭，孙天铭三人不可能偷出来。倒是实验室和美术室等教学场地，通常都是由学生在上课前，自行去门卫处索取钥匙，很容易复制一把。

拾级而上，何遇来到四楼，能闻到奇怪的味道。他推

章二

了推美术教室的后门，本该锁住的门缓缓打开，里面安静得像什么也没发生。

月光只能照射到何遇所在的走廊，却无法触及教室内的幽暗。何遇从手机内调出手电筒，步伐慢慢挪动。他将手机往正前方抬了一下，灯光在浓密的黑暗里散开。借着微弱的光线，他看到倒在地上的凳子、被推移过的桌子。

"戚夕……你在吗？"

随着灯光的移动，角落里出现了一双女孩的腿，裙子被拉至腰部，上半身就那样被满是褶皱的裙摆遮掩着，书本、颜料笔、画架等杂物七零八落地盖在她身上。

何遇又呼唤了一声"戚夕"，身体匆匆避过倒下的桌椅，冲至她身旁。他一手抓住戚夕的手腕，一手去探鼻息。

有轻微的脉搏，鼻息已无。

慌乱中，何遇只能照搬从电视上看到的心肺复苏术，快速在脑内过了一遍步骤。何遇将戚夕放平，将裙子拉至正常位置，对戚夕完全敞开的衣领视若无睹。

手机放置一旁，何遇跪在地面上，面向戚夕胸部，手掌的根部重叠放在两个乳房的中间，肩膀用力垂直向下按压，然后放松。按压五次后，何遇捏住戚夕的鼻子，口对口人工呼吸，尽量缓慢均匀。吹满一口气后，再次进行胸部按压，如此循环。

戚夕的身体滚烫，双颊泛着诡异的潮红，仿佛要滴出血来。十几次循环后，随着一阵剧烈的咳嗽，戚夕终于恢复了呼吸。一旁的何遇重重吐出一口气，手掌撑住地面，几乎脱力。

醒过来的戚夕，似乎马上忆起了自己先前的遭遇，惊恐地望着眼前人，瑟缩发抖，使劲往墙角挪。何遇略一移动，戚夕就乱踢乱打，一副并不知道他是谁的样子。

"别怕，别怕，已经没事了，是我。"何遇将光源挪近。他坐在原地，怕吓到情绪激动的戚夕。

对峙了很久，戚夕才缓缓平复过来，随之而来的是号啕大哭，声音都嘶哑了，上气不接下气，仿佛要呕出心血来。何遇明白戚夕已经清楚自己的遭遇。

何遇靠近她，脱下自己的长款风衣，盖在戚夕身上。

"不用担心，我会报警，陪你去医院。"何遇不知该说点什么。

戚夕揪紧风衣，抽噎的声音渐渐小了，但泪水仍旧汩汩如泉涌。她缓缓抬起头来，嘴唇微启欲言又止，每一个动作都像放慢了一般。视线与何遇相撞的时候仿佛按了暂停键，她一动不动地注视着他，感觉要看破什么难题。

何遇试探着慢慢地帮她梳理散掉的长发，用衣袖轻轻擦掉她脸上的污渍，她的泪水和着尘土血污泥沙俱下。当何遇指尖触摸到戚夕的脖颈时，手上下意识地开始想使力，又突然握拳。

不行！不是现在！何遇仿佛是在对身体内的另一个自己咆哮，额头青筋暴起。

章二

"他们会付出代价的,不用怕,我会跟警察说清楚。"何遇语气尽量平缓。

戚夕没有任何反应,仍旧被定住了般看着他,却又好像看的不是他,目光穿透他的躯壳,落在不知名的远方。

"你依旧很漂亮,不用担心。"何遇企图调转话题。

何遇感到戚夕的身体明显一怔,眼神开始聚焦,唇齿抖得如筛子一般。他不知道自己是否说错了什么。

"你冷吗?"何遇披了披她身上的风衣。

戚夕呼出一口气,从自己裙子旁边散落的美术工具堆里握住个东西,银光微茫,闪在何遇的眼中,滞缓了他的动作。稍一反应过来,何遇忙伸手去抓,利刃划破他的手掌,仍旧刺入了戚夕的喉头。

何遇这么一拦,戚夕似乎没有了继续往下刺的勇气,只有剧痛后的痉挛一阵阵如潮袭来,血流如注,从她的喉头一直蜿蜒到何遇手上。何遇感到一股炙热,却忍不住打了个冷战。

他承托着刀柄一动不动,手上利刃稍稍一点摇晃,戚夕的身体便会剧烈抽搐。他知道现在做什么都已经晚了。

戚夕张着口,似乎在"啊啊"地喊疼,可是没有丝毫声响。涎水从嘴角流出,融进血水,混沌在一起,滴滴答答地蔓延开来。她原本清秀眉目的面庞,已经是眼白外翻,拧作一团。

眼前的狰狞景象陡然将何遇激怒了,某个被尘封的记忆正在被唤醒，他只想迅速了结这丑陋、悲哀与痛苦。

"没事的，马上就不疼了。"何遇嘴唇微动。

左手托住她的身体，何遇右手缓缓握住刀柄，只要再稍稍用力一刺，她就能归于平静，不必再承受这不可承受之重。

他闭上双眼，感受着刀刃一寸一寸嵌入她抽搐着的身子。那一瞬间，戚夕的身子好似漂浮了起来，轻若无物。

短刀"当啷"一声掉在地上，敲开幽夜的寂静，血蔓延至刀边。戚夕的身子柔柔地倒在了他的怀中。

她的身子越来越凉，越来越软，柔弱无骨，气若游丝。

她无力地抬头，仰望何遇，嘴角似有微笑，像天真的女孩看向崇拜已久的英雄。

何遇依稀听见她说"谢谢你"，声音细如蚊音，如真似幻，弥散在这漫漫的长夜中，分不清是想象，抑或现实……

少女依偎在何遇怀中，就像一只被轻易掐死的黑猫。可何遇却没有感受到任何相似的快感。他双拳紧握，奋力锤击地面，似要疯狂。

"为什么你一定要自杀呢？"何遇对着戚夕的尸体发问。

当然，她不会回答。

何遇站起身来，用力咬向自己的手腕，腥甜的血液流向他的喉咙。他仰起头，血顺着他的嘴角流下。他闭上眼，呼吸着这片充满血腥味的空气，身体内的某处枷锁仿佛被打破，体内的渴望在嘶吼。

章二

"目标被人抢了吧,我早就说啦,后下手遭殃……"何遇脑中有琴弦绷断的声音,莫名出现一个人在说话。

"闭嘴!"何遇低喝,但对声音的出现并不感到意外,对方像一个许久未见的朋友。

"哟哟哟,还生气了。我只是替你可惜,这妞笑起来多好看啊,那酒窝,那眼睛,还有那小虎牙,你甘心?"

何遇沉默。

"怎么没声音了,伤心欲绝了?"

何遇仍旧沉默。

"喂,喂……没意思,多大点事儿嘛。"

"那你说怎么办?"何遇淡淡问那个声音。

"你不是已经有目标了嘛,就那三个家伙,你说……"

"够了。"

"还学会卸磨杀驴了。"

"她为什么一定要自杀呢?"何遇单膝跪地,看着戚夕的尸体,又问出那个问题。

"鬼知道,估计就是清纯少女被人奸污了,自尊心受不了那一套吧,真不明白这些人都在想些什么玩意。"

"自尊?"

"嗯,就是我跟你都没有的那东西。"

不知道为什么,何遇想起了开膛手杰克在尸体手腕上划上的那个十字标记,那是杰克独有的杀人标记。何遇知道很多连环杀手都会这么做,只是他以前一直觉得这很多余，现在却有些明白了。

跪下许久，戚夕的尸体逐渐冰冷，将何遇的心神拉回现实。现在该做什么？就让她的尸体被警察发现吗？

跪在戚夕身旁，何遇开始着手检查尸体的状态。戚夕大腿上满是瘀青，另有几处抓伤，垫在臀部的布裙上还残留着象征处女的血污。手指继续往戚夕的私密处探索，没有触摸到本该出现的精液。

"啧啧，没想到那三个家伙真他妈阳痿，正事都没办成。"

何遇不理会脑中回响的声音，开始回忆弥漫在楼梯间的化学试剂味道和三人逃命般的背影，有了一个大胆的猜测。为了证实自己的猜想，何遇又在戚夕的口鼻间检查起来。

凑到戚夕嘴边一闻，没错，何遇确定这是三氯甲烷，他拿这东西做过实验，并不陌生。吸入过多的话，会致死，记得当初的资料上有过这么一句话。

他现在基本确定自己的猜测，孙天铭三人误以为戚夕死在了他们手上。何遇紧握手中的美工刀，那尸体就不能这么被人发现了，任何法医都会确定死因是刺伤引起的大出血，而非药物。

何遇站起身，手机光开始四处搜寻。一个黑色的小盒子引起了何遇注意，是一台 DV。

"嘿嘿，那三个笨手笨脚的家伙，还真是送了个好东西。"何遇翻看完其中的内容后，脑中声音说道。

章二

何遇不作回应,继续环视四周,"二人"再次陷入沉默。没漏过一个角落,何遇反复检查了两遍。不光是孙天铭三人留下了无数痕迹,自己来过此处的线索也有成百上千。何遇看了眼腕表,还好,自己还有时间。

"喂,你想怎么做?"脑中声音不怀好意。

"弄清楚一个问题。"何遇捡起盖在戚夕尸体上的外套,将 DV 放入口袋,又拿出一包餐巾纸,简单处理了一下自己掌心和手腕处的伤口。

他低头看向嘴角微微上扬的少女,安详而平静,慢慢与印象中母亲的笑颜相重合。

"她笑起来真像妈妈。"

章三

唐小宁从办公室出来，秋天独有的气息随着风迎面扑来，高大的细叶榕发出沙沙的声响。离初三的考试结束还有一些时间，她不在监考行列，趁着这个间隙，她决定到走廊放松一下，可转过身的下一秒她所有的好心情都被吹散了。

"你们在干什么！"唐小宁严厉地呵斥。又是这两个学生，这已经不是第一次抓到他们在校园里偷偷摸摸地约会了，现在变本加厉跑到教务楼这里。哼，一定要给他们严重处分，还要告诉他们的家长。这么想着，唐小宁加快了步伐，怒火也不断加剧，因为那两名学生丝毫没有在意她的呵斥声，简直无法无天。

"老师……我……我们……"女孩一脸煞白，手指紧紧抓着男孩的衣领，吓得连话也说不完整。而男孩则是死死

章三

盯着远处，完全无视了唐小宁。

"还不给我过来！"唐小宁再次呵斥。

"啊——"男孩突然发出一声尖叫，"那什么玩意儿！"

唐小宁皱着眉头，想伸出手去抓住男孩的肩膀，同时视线随着男孩的手延伸过去。顿时一阵寒意从脊背升起，手也僵在了半空。

对面二号楼的某层里，一具面容惨白的人形正贴着玻璃窗跟他们遥遥相望，乌黑的血从脖子流下浸染了大半个身子。她前额抵在玻璃上，下巴像裂开般张得巨大，看不到牙齿，嘴中仿佛有一个黑洞。

血没有遮住那人的面孔，唐小宁恍惚着打量。

"戚夕？"唐小宁喃喃道，勉强保持着镇定，沉声问着面前有些呆滞的两名学生，"怎……怎么回事？嗯？"

"不知道……我不知道……我不知道……"女生蹲在地上，靠着墙。

男生的声音有些颤抖，"我……我们刚看到……恶作剧吧……这是……他妈的……让老子知道谁弄的……"男生显然是被吓得不轻，语无伦次。

"你们待在这儿，我过去看看！"唐小宁说道。真的是恶作剧吗？可是戚夕那种三好学生怎么会无聊到做这种事？

"老师，我不敢待在这儿……"女生拉住唐小宁的衣角。

"别怕,只是恶作剧。"唐小宁安慰两人,但更像是安慰自己。她在心里不断告诉自己,这只是一场闹剧,不是真的。但每当她望向对面,便被一种极其恐怖的感觉笼罩,那双眼睛似乎正在盯着她。

最终二人跟着唐小宁快速向二号楼移动。教务楼与二号楼虽然看着近,但因为要先跑下教务楼,沿着外围的道路绕到二号楼正面,还是有着不短的距离。

唐小宁不断抬头望向二号楼方向,可视线每每被高大的榕树所遮挡。

三人径直冲向四层的美术室。二号楼四层的楼梯口,保安老张正在抽烟,见状连忙掐掉烟头,问道:"主任啊,你咋过来了?"

初三部在二号楼四层以上,正在进行中考的模拟测试,所以老张在这里值勤巡逻。

"老张,刚刚有没有人经过?"唐小宁喘了一口气道。

"没有啊,我一直在这儿呢!没有学生下来,怎么了?"老张以为唐小宁是问有没有学生偷溜下楼。

"等会儿再说……"话音未落,唐小宁便往走廊的左侧拐去,前面就是美术室。

越来越近,每前进一步,唐小宁都要大口呼吸,那股恐怖的气息始终环绕着她,这是一场"恶作剧"的想法也越来越远。

美术室的窗户拉着窗帘,看不到里面的情况。

章三

唐小宁颤抖地去推门，锁上了。

"老张，钥匙。"

老张打开门，美术室内出奇的暗。唐小宁一点点地看进去，可是教室里面什么也没有，朝北的两扇窗没有异样，半拉着的纯白色窗帘纹丝未动。微弱的阳光透过窗帘撒向室内，并没有人影站在窗帘后。她暗自松了一口气，用手擦拭额头的冷汗。但她心中马上愤怒起来，到底是谁导演的这场闹剧？

她率先走了进去，眼前凌乱的桌椅又让她惊疑不定。

"啊——"这时，有人惊叫起来。

"血！老师，那里有血！"

唐小宁这才嗅到空气里弥漫着的那股味道。她吸了吸鼻子，又连忙用手捂住，走到靠近北面窗前一把拉开窗帘，真的是血，不是颜料一类的东西。

顺着窗台上滴落的血迹往下看去，墙壁和地面的接缝处汇聚着一大摊黑红色膏状物。这一片深红刚好被桌椅挡住，所以她在门口才没看见异样。

她大概知道了这是什么。

"打电话，快！"

"打……打到哪儿？"女生的声音在哆嗦。

"直接报警。"唐小宁没回头，她身后传来一阵杂乱的脚步声。

唐小宁大学主修生物。她很明白，如果这些血液是同一个人的，意味着什么。

林长清走下出租车，街对面是一所中学的大门。步入深秋，地面很干燥，出租车驶过扬起的尘灰直钻口鼻，令人不由得一阵咳嗽。

校门口已聚集了很多人围观。公安局闹出的动静不小，过往的车辆都减缓了速度，有人摇下车窗探出头，想凑下热闹。

林长清没有直接走进校门，而是在不远处的早餐店驻足。要了两个包子，就着一瓶豆浆，权当早饭结合午饭解决。这片区域临近老城区，店铺的招牌显得破破烂烂，红色油漆掉了一大块。

林长清正要离开，一名中年妇女提着篮子来到店门口，向老板打招呼。看样子应该是周围的居民。

"那边好热闹，是出了什么事吗？"

"能有什么事，肯定是打架闹大了，刚才警车都来了好几辆。"老板边擦柜台边说道。

"就知道会出事，上次是救护车，这次警察都招来了。"

"救护车？"林长清插嘴问，"有这么严重？"

"怎么不会，都把人打吐血了。我亲眼看到有小孩被打倒躺在地上，满嘴都是血，估计牙都给打掉了。"

"学校老师不管？"

"八成打人的小孩是关系户，这学校虽然是重点中学，也只是搭了个边，乌烟瘴气的事做了不少，跟市一中没法

| 章三 |

比。现在事闹大了也好，早就该整治整治。"

林长清啃完包子，朝校门口走去。在身后的妇女和老板眼里，想必他是个无所事事、游手好闲的中年大叔。

拨开围观的人群，林长清径直朝校内走去。站在一旁的年轻警员随即露出怒目的神情，林长清朝他点了点头。对方认出了林长清，露出微笑，对他行注目礼。

走在校内，林长清觉得自己脚下这条应该就是中学的主干道。学校的建筑布局很简单，校门朝南，往里是一条笔直的南北向主道，大概有四车道宽。主道的右侧是大片操场，由南向北依次是网球场、足球场、篮球场和一栋低矮的建筑，比单层楼高，比两层楼矮，他估计是室内体育馆。

临近上课时间，三三两两的学生正往操场集合，不过都集中在了篮球场上。足球场那片绿地显得很空旷，两名特警正带着警犬围绕球场搜寻着。

主道的左侧是三栋八九层高的大楼，统一朝南，沿着主道笔直排列。大楼有些破旧，从校门外远看时，林长清觉得几栋漆成天蓝色的大楼挺有朝气，走近后，才发觉大楼表面被雨水冲刷得坑洼斑驳。

走过两栋大楼间的小片绿地，林长清来到二号楼下，楼梯口被警戒线封了起来。走到楼下林长清才发觉，上去的楼梯并不是把大楼分成左右平均两部分。右侧仅有一间教室，左侧则有三间。往左侧看去，他也没发现另一个楼梯入口，倒是对楼旁的围墙高度感到奇特。中学砌这么高的围墙，有些太过了吧。

围墙上还卷了一圈圈铁丝刺环，不熟悉的可能以为里面是军事场所。

林长清弯腰钻过警戒线，拾级而上。二号楼和一号楼的二三层有空中走廊相连通，现在通道口都拉上了警戒线。看样子，二号楼整栋楼都被封锁了。林长清下意识地从兜里掏烟，摸出一盒口香糖，才想起自己最近被医生强制要求戒烟。

上到三楼半时，林长清听到有人在四楼讨论案情的调查进展。

"你说这么大个人，怎么会找不到呢？"

"会不会目击者看错了？"

"不会吧，有三个人目击到……"

嚼着口香糖，林长清走上四楼，刚刚还在讨论的几人纷纷和他打招呼，"林队。"

开口的几人都是三十左右，其实林长清早已不是刑警队长了，几人都是他的老手下，倒也一直没改过这称呼。

"林队，你怎么来了，不是去医院了吗？"说话的是一位稍显年轻的刑警，调到刑警队还不到一年。

"没多大事，就挂了一晚上盐水。"林长清嘴上是这么说，其实主治医生看完他的肺部诊断报告后，脸臭得林长

章三

清都不敢说话。

林长清的肺病是老毛病,做刑警风餐露宿惯了,也没注意,近两年有些恶化。局长考虑到他的身体,才将他调离刑警队。升职了,却无事可做,林长清想起只能无奈苦笑。

"苏南在里面吧,情况怎么样?"

"法医刚到。"

"嗯。"

"那我们去外头转转。"

"好,去忙吧。"

看来他们是奉苏南的指令出去办事。年轻刑警倒没有离开,苏南对新人的安排通常是观摩学习为主。

林长清目送他们下楼,然后戴上手套,缓缓推开门。教室内的布置很普通,学生用的桌椅和教师用的讲桌,前后两块黑板。四面墙壁上倒是挂了许多名画,最惹人注目的是南墙,那幅凡·高的《星空》被放大数倍,铺满整块墙壁。想必这间是美术教室吧。

调查人员聚在《星空》对面的墙边。有几张陌生面孔,多半是派出所来支援的人。其他都是老相识,其中与林长清交情最深的那个率先看向这边。他是现任刑警队长苏南,头发整齐地往后梳,戴着金边眼镜,右边太阳穴有一块形状奇特的疤痕。

整个公安局,只有寥寥几人知道那道疤的来由——

是连续射击后的手枪，滚烫的枪口顶在太阳穴才能形成的烫伤。

苏南没有说"你怎么来了"或"怎么不在医院"，只是微微动了动下巴，示意他过去。林长清移步过去，苏南将一份资料递给他。

最上面是辖区分局的一份立案材料，几张失踪人口的信息表格。林长清将夹在表格上的照片取出，上面是一位扎着双马尾，笑容很甜的女生。

"从目击地点到这儿的时间测算过了吗？"林长清在门外已经听年轻刑警讲述了案件发生经过。

"跑步的话，五分钟。"

"所以，只用了五分钟，那个女生就从一个封闭空间内消失了？"林长清没有直接称呼被害人，因为无法判断是他杀死亡。

没有尸体的案子就是麻烦，林长清又往嘴里丢了两颗口香糖。

"嗯，那名保安从八点开始就守在这层的楼梯口，目击者发现的时间是九点五十分。"苏南回答。

"如果那名女生是自杀，因为某种原因，所有人都没看见她是如何离开的。直接跳下去也有可能，那这只是一起普通的自杀案件。假如她不是自杀，目击者看见的确实是尸体，另有人将尸体转移出了这个房间的话……"林长清顿了一下，看向窗外，"苏南，你可能碰上了一个

章三

可怕的对手。"

"嗯。"

这时,个头矮小的法医站起身来,面向林长清和苏南。

"自杀离开的可能性不大。"法医的语气很确定,"按照现场的出血量来看,伤口一定位于主动脉。如果不及时进行手术和输血,绝对是当场死亡。"

"这边原本还有一大块血迹,被清理过了,旁边还有拖行的血液痕迹。"法医转过身,背对苏南,指着教室后侧角落的一块区域。

法医又走到窗前,"窗台的血迹呈现滴落状,如果被害人是在这里被杀死,血迹不应该是这样。"

"所以,那边才是第一次动手的地方?"苏南问。

"没错。"法医先模仿被害人的样子,半躺在教室后墙黑板下。然后法医又模仿另一个人,将不动的被害人拖到窗台前。

是想用窗帘遮掩尸体吗?林长清看着法医的动作。

"两个地方,能确定是同一个人的血液吗?"依旧是苏南在问。

"是同一种血型,具体需要DNA比对。"

"血迹留下的时间呢?"

"超过四十八个小时,就看化验结果能精确到什么时间段了。"

"什么样的伤口能造成这样的出血量？"林长清问道。

法医沉默一会儿，随后举起右手，在自己脖子上轻轻一划。

林长清和苏南对视一眼，发现对方皆是愁眉不展。

法医默默告别二人后，那名年轻刑警推门进来，"唐主任询问我们，要不要先让学生回家？"

"老林，你带许磊去见一下唐主任。我去一趟保安室，顺便看看被害人搜索的进展。"苏南推了一下金边眼镜道。

林长清眯着眼，盯着苏南离开的背影。他注意到苏南用了"顺便"这个词，看来他们猜测得一致。

"尸体估计找不到了。"林长清叹着气。

"啊？现在距离报案就两个小时，这么短的时间，没法处理那个……吧。"许磊摸着后脑勺，支支吾吾地说出"尸体"两个字。调查人员都希望被害人还活着，毕竟法医的鉴定报告还没出来。

林长清没有继续说下去，推开教室后门，挥手让许磊跟上。没有直接去往教务楼，林长清反而往上走去。每上一层，林长清都会往左侧看去，也就是四楼美术教室的正上方。每层的结构都相同，左侧仅有一间教室，右侧是三间。教室内的布置基本大同小异，北面的窗户都是白色窗帘，除了美术教室内独有的装饰画、石膏像和画板用具等物品。

师生似乎走得很匆忙，有一间教室内还在放映讲课用

章三

的PPT，投影仪都没关。

走至顶楼，没有异样，林长清摇了摇头。许磊倒是一直没说话，默默跟着。二人折返，朝唐小宁的办公室走去。经过四楼的时候，林长清看了一眼天花板上的摄像头，之前上楼时视线受阻，他没注意到。

一路上，刑警已经四散在校园内，撞见林许二人都会驻足打招呼，双方都很默契地没有多说。周围的学生会露出惊异的神情，似乎对这群突然出现又目光犀利的男人很是好奇。

"林队，你刚才说……"许磊话还没说出口，林长清做了个嘘声的手势。

话到嘴边，许磊又咽了回去，只能继续跟着。

"许磊，你刚才不是说过现在距离报案不过两个小时吗？"直到四下无人，林长清才回过头说。

"你是说？"许磊目光惊疑不定。

"嗯。"林长清指了指学校森严的围墙，"凶手很有可能还在校内，不要当着学生的面多说。"

许磊面露尴尬，心中觉得自己果然还是太嫩了。

教务楼的结构与二号楼相同，三栋楼基本是一个模子刻出来的。林长清依旧未急着去见唐小宁，从二层徘徊至顶层。每上一层，林长清都会站在走廊边，向着二号楼美术教室的方向张望一会儿。

楼与楼之间的距离比他想象的要近，从教务楼三层至七层都能看清美术教室内调查人员的面孔，只是角度的区别。许磊告诉林长清，三名目击者就是站在六层的位置看见被害人的。

林长清靠着六层走廊的扶手，走廊是半封闭的，就像连通的阳台。从他所站的位置，到美术室的直线距离不过三十米，相当于一个半教室的宽度。任何视力正常的人都能看清美术室北面的窗户。

二人来到接待室外，林长清脚步一顿，听到里面传来交谈的声音。

"唐主任，你报案太仓促了！起码应先告诉我一声。"

"对不起，校长，当时我没想太多。"

"这件事一定要封锁消息，将影响控制在最小范围内。"

"嗯，我会召开师生大会，尽全力安抚下去。"

"警察还在学校内，要抓紧！他们待得越久，影响越大！"

"我马上安排，先让学生放两天假。"

门打开了，一名腆着啤酒肚的男人缓步而出。男人头发稀疏，却故意将两边的头发留得很长，试图遮盖头顶。

撞见林许二人，男人一边赔笑一边退到一旁，嘴上说着："二位请进，唐主任，快沏茶。"

"不用客气。校长是想询问要不要清空学校吧，不用那么担心，警方不会影响学生学习的。"林长清不急不缓地走过去。

章三

"好,那我就不打扰二位了。"男人的微笑一直持续到林长清步入屋内,随后面露怒意。

这下他没办法以警方办案为借口,清空学校了。

林长清和许磊直接坐到黑色皮革的沙发上,唐小宁坐在二人对面。她打量着面前的二人,年纪大的那位穿着邋遢,头发乱糟糟的。年纪轻的那位看着倒是很随和,不像另一位,眼神总让人很不舒服,感觉像是在审视某件物品。

"不知道两位还想问些什么?我知道的已经都跟你们的同事说过了。"先说话的是唐小宁。

林长清翻开笔录文件,上面记录着唐小宁、两名学生和保安的口供,"是这样的,有些问题如果不直接跟当事人谈的话,会损失掉一部分真实性,所以我们一般都会选择当面提问。"

"哦,是这样啊。"

"唐主任,笔录上面说,你到美术室后,拉开窗帘才看到窗台上有血迹的,是吗?"林长清挪了一下靠垫,让自己坐舒服点,他知道这一连串盘问要持续很久。

"嗯,没错。"

"那你一开始在教务楼,怎么确定那是美术室呢?如果二号楼其他楼层的教室都拉上白色窗帘的话,从教务楼这边看过去,应该都是相同的。"

"因为美术室和其他教室的装饰有很大区别,当时窗帘只拉上了不到一半。另外一半能透过窗户看到里面的壁画和石膏像。"

"那幅《星空》吗?"

"是的,从教务楼看,那幅画也很显眼。"

"在看到被害人之前,你当时是打算去做什么?"

林长清注意到,唐小宁听到"被害人"三个字时,眉心皱成一道线。

"被害人?戚夕果然是被……被杀了吗?"

"不是这样的,我们还在核实,被害人是暂时的称呼。"林长清撒了个谎,虽然本质上确实是在等化验结果,"回归正题,你当时是打算去做什么?"

"当时我是处理完工作,打算散散步,顺便查看一下初三各楼层的模拟考状况。"唐小宁连喝了几口茶,顺抚自己的胸口。

"这是你的习惯吧?"

"嗯,是的,毕竟是教导主任。"

"那初一初二不查看,只看初三?"

"我们学校为了让初三学生尽快进入中考备战状态,每个月的月考都会模拟中考,所以监考老师会有两个。这样的话,需要从初一初二抽调监考的老师,我们学校的教师资源还是不太够,有时我也需要监考。所以,初三的月考是和初一初二分开进行的。"

"当时初三正在准备进行第二场数学考试?"林长清手

章三

上的笔录翻了一页。

唐小宁点点头。

"所以四楼会有保安?"

"嗯,就是模仿中考的封闭状态,怕学生在两场考试的间隔下楼乱跑。"

"那你今天有确定过,有初三的学生在语文考试后,离开考场下楼吗?"林长清开始觉得四楼天花板那个摄像头很重要,不过转念一想,苏南已经过去保安室了,肯定会核实清楚。

"据我所知,没有学生擅自离开。"过了几秒钟,唐小宁突然怒目而视,"你这是在怀疑老师和学生?"

"没有的事。"林长清露出微笑,"只是核实清楚,不然以后还要再打扰。"

见唐小宁没有再发作,林长清继续提问,"当时你走进美术室,保安没有跟你一起进去吗?"

"嗯。"

"那两位学生是站在美术室后门门口?"

"嗯。"

"保安直到报警前,都一直停留在四层楼梯口?"

"对。"

似乎意识到自己的言语会影响警方将调查的对象锁定在师生身上,唐小宁的回答都非常简短。

"请配合一下,回答尽量具体一些,不要给我们的调查增加难度。"林长清笑着抿了一口茶。

唐小宁深呼吸几口,重新坐直身子,她觉得那名警察的笑容异常令人讨厌,"你说的没错。当时只有我一个人走进美术室,那两名学生只是站在后门口,保安应该是不了解情况,一直站在四楼楼梯口,保证初三月考的秩序。"

"之后你们查看过美术室吗?"

"查看过,没有其他人在。"

"保安也一起查看的吗?"

"不是,只有我们三个人。保安当时在报警,没有进来。"

林长清摸着两天未刮的胡茬,那一侧只有一间美术教室,即便嫌疑人趁三人从前门进入,自己从后门溜出,也依旧会被站在走廊上的保安看见。所有窗户都是从内反锁,教室就这么大,不可能有躲藏的地方,暗格之类的可瞒不过满屋子的调查人员。

尸体就从满是学生和老师的学校内消失了?

"听说学校里打架的事挺多。"林长清话题一转。

唐小宁端着的茶晃了晃,险些洒出。

"哪有这么多事,只是小孩子玩闹而已,被夸大了。"好像为了证明自己,唐小宁接着补充,"哪个学校的学生不打打闹闹,小孩子嘛,很正常。"

林长清"嗯"了一声,然后让唐小宁去请那两位目击的学生过来,再拟一份跟戚夕关系比较好的师生名单,待

章三

会儿也要详聊一下。

唐小宁脸色沉了下去,推脱说这要找戚夕的班主任商量,便出了门。林长清估计她是去找那位校长商量才对。

林长清站起身,活动一下肩膀,"许磊,之前我提的爱闹事的学生名单,你等会儿去弄一份。"

"林队,你是觉得就算问她要,这种有损学校颜面的事情,她也不会说实话,是吧?"

"总算有点长进了。"

大约过了一刻钟,两名学生走了进来,是笔录上那对目击戚夕的小情侣。为了提高效率,林长清和许磊分开盘问。许磊和女生去了隔壁房间,男生留在原地。

大致的问题跟询问唐小宁时相同,得到的答案也没有出入。只有两个问题,林长清是另外附加的。他让男生形容了一下戚夕的外貌,他怕男生是受到唐小宁的影响,才认准那人是戚夕。毕竟两人应该不认识戚夕,戚夕是初三,两人是初二。

结果得知男生见过戚夕,虽然并不熟悉。每个学期的开学仪式上,戚夕都会作为整个初三年级的代表发言。说这番话的时候,男生一脸的瞧不起。就差没说,好好学习又有什么用,这一番话。

提问快结束的时候,林长清询问了另一个附加问题,"你跟那个女生经常在那儿约会吗?"

被问到感情问题,男生一下慌了神,"嗯……"

"不用怕,我不会跟你们老师说的。"

"嗯,对的。我也是偶然发现的,初三月考时,老师都去监考了,教务楼基本没有人,比较方便……"

林长清没兴趣听他说方便做什么,挥手让他离开。这时,唐小宁推门进来。

隔壁许磊与女生所在的房间,突然传出一声惊呼。

"怎么回事?"几人冲进房内。

许磊满脸莫名,女生则是一副见了鬼似的表情,手指着接待室的窗外,脸色剧变,"戚……戚夕……那是……"

只见对面二号楼不知五层还是六层,一名女生趴在教室北面的窗台上,发着呆。长相与戚夕一模一样。

林长清与徐磊对视一眼,皆是惊疑不定的神情。搞什么鬼?不知道现在满学校的警察吗?林长清率先夺门而出,许磊跟在身后。

论跑步,年近四十的林长清当然比不过才二十出头的年轻人。许磊先到一步,叫住准备离开的女生,"你是戚夕?"

女生愣愣地转过头,"啊?我是杜月,戚夕是我妹妹。"

林长清这才来到女生跟前,上气不接下气地说:"双……双……双胞胎?"

杜月点点头。林长清终于平复呼吸,感叹自己果然是老了。许磊已经拿出戚夕的照片,跟面前的女生进行比对。

杜月头发有些卷曲,不像戚夕是柔顺的长发。戚夕笑

章三

的时候会露出两颗小虎牙,杜月的牙齿则很整齐。杜月也未穿本校校服。

"出什么事了?"杜月问。

"你是听到什……"许磊说话支支吾吾。

"没什么,学生闹事,和你无关,别多问。"林长清截断徐磊的话。事情未明,又是小孩子,林长清不想太早吓着她。

杜月又问了两句,都是关于自己的妹妹,被林长清搪塞过去。于是她点点头"哦"了两声,转身离去。

徐磊望着女孩迤逦远去的身影,心里有些难受。林长清则在一旁沉思,盯着女孩的目光闪烁不定。

唐小宁这时才赶到,林长清向她询问杜月的情况。唐小宁则说不了解,她未见过杜月,认为她肯定不是本校学生。如果戚夕有一位双胞胎姐姐在本校就读,唐小宁肯定知道。

虚惊一场,三人折回接待室。那对小情侣还在等着,另外又多了一位身穿夹克上衣的干瘦男人——戚夕的班主任。

唐小宁将那对小情侣送出门,该确认的林、许二人都确认过了。之后,与戚夕班主任的谈话,没有收获什么有价值的线索。他列出五六个和戚夕关系较熟的同学后,便告辞了。

列出来的学生,林长清一一问过话,依旧没收获什么线索，倒是得知戚夕的母亲今早出现在校门口。据说她整个周末都在找戚夕，很担心女儿，戚夕似乎从未离家出走过。

盘问学生时，许磊注意到林长清跳过了一个人，他也没多问，只是多看了一眼那个名字——何遇，何处遇见吗？真是个不常见的名字。

从窗外透进室内的阳光，已经几乎平射到对墙。许磊的手机响了，他接听完，挂掉电话。

"林队，法医的鉴定报告出来了。留下的血迹证实是戚夕的，并且从现场留下的血液判断戚夕失血量超过百分之五十，局里已经以凶杀案重新立案。"

"血迹留下的时间呢？"

"上周五晚十点，到上周六凌晨五点间。"

"嗯，这边问得差不多了，我去操场上走走。"

来到室外，林长清长舒一口气，发胀的思绪缓了过来。苏南靠着足球门框，望向这边，习惯般动了动下巴，随手向他扔来一罐东西。

林长清很默契地接到，入手温热，是罐装乌龙茶。

"没现泡的茶叶好喝，凑合一下。"

"戚夕的双胞胎姐姐，听说了吗？"林长清拉开易拉罐。

"等会通知戚夕的父母时，我会了解一下。"苏南点点头。

章三

"这个时候出现,有些蹊跷。"

"嗯。"

"那个保安呢?"

"反应正常,回答合理。"苏南回复八个字,算是排除了保安的怀疑,"四楼的摄像头正对着保安的方位,那段时间只拍到保安和其他三人,没有其他人从美术室离开或者上下楼。"

"拍清楚脸了吗?"

"用电脑核对过,就是那四个人,不会错。"

"上周五呢?"

"摄像头没有夜视功能。"苏南明白林长清问的是案发时间。

这时,下课铃声响起。

"已经放学了,时间过得真快啊。"林长清缓缓道。

似是了解林长清的话中含义,苏南转过头,看向校内主道。学生们背着书包,陆续下楼,一边嬉笑打闹一边走出学校大门。

林长清将捏扁的易拉罐丢进垃圾桶,头也不回地往大门走去,朝后摆了摆手,"我还有点事,晚些回局里。"

林长清隐没在学生组成的人流中,他能闻到淡淡的香水味。现在的学生和自己那个时代,好像差别很大。

迈出校门,枯黄的碎叶洒落他的肩头。最后几缕余晖直射而来,逆光下,前方的学生身体有一半被笼罩在光芒之中,他看到的是一个个没有轮廓的黑影。让人不禁觉得那是潜伏在光芒之中的黑暗。

林长清用手掌遮挡阳光,却无法遮住心中的那个问题。

凶手就在这群孩子之中吗?

章四

天刚黑的时候,下起了蒙蒙细雨。江南冬雨,越下越冷,令人不时裹紧身上的外套。

家门口的传呼机响了。

何遇穿着拖鞋,摁下拨通键,旁边的液晶显示屏上立刻跳出公寓楼保安的模样,"师傅,怎么了?"

"没什么,你姑姑跟我交代过,别放奇怪的人去你家。我问一下,你有没有什么姓林的叔叔?"

"没有吧。"何遇的姑姑工作很忙,不怎么跟亲戚来往。

那边似乎有人在跟保安说话,他转过头,一会儿又继续说:"他说跟你很多年没见了。"

姓林,很多年没见?

"先放他上来吧,说不定认识。"何遇翻找了一遍记忆,无果。

"好，有什么事直接叫我，我就在楼下。"

"嗯。"

何遇没有离开门口，等听到电梯上来时"叮"的一声后，直接开了门。一个熟悉的男人从电梯内跨出，驻足在何遇面前。

"林叔？"

"长高了不少，今年都十四岁了吧。"中年男人笑着拍了拍他肩膀。

何遇点点头，请林长清进屋。

林长清一边换拖鞋一边说："你家公寓楼环境挺高档，连保安都有些警察的感觉。"

"跟林叔您比，还是差很远的。"

"好小子，都会拍马屁了。你姑姑呢？"

"去国外出差了，要过两个礼拜才回来。"

屋内已经开了暖气，林长清脱下大衣，挂在门旁的落地衣架上。进屋后，林长清左看右看，在观察什么，何遇顿时心头一紧。

麻烦了，这个时候居然有认识的警察找上门来。自从那晚之后，总会有一个莫名的声音时不时在何遇脑内响起。

"林叔，你看什么呢？"何遇忍不住提问道。

"没什么，就想仔细看看你住的地方怎么样。"林长清摸着胡楂，站在客厅的照片墙前，"挺好，比我住的地方强多了，还好那时没把你小子留下来，跟我一起受苦。"

章四

"怎么会,林叔你别开玩笑了。"

见林长清还想进何遇卧室瞧瞧,何遇举起左手,故意做了个夸张的伸展状,好似是运动前的准备动作,"林叔还没吃饭吧?今天我给您露一手。"

"你小子还会自己做饭了?"

"姑姑工作很忙,她在家的时候,也基本都是我做的。"何遇咧嘴一笑。

"还是我来吧,你右手有伤,别沾水。"当何遇正要走进厨房时,林长清却叫住了他。

何遇不免对这位林叔的观察力感到惊人,他刚刚举起的是左手,伤口是在右手。那是在阻挡戚夕刺向喉咙的刀时划破的,他已处理过。手掌上贴着两个肉色的创可贴,不仔细看根本不会察觉。

想到这儿,何遇又下意识地瞟了一眼自己卧室的方向。

"林叔,我来给你打下手吧。"

"好。"林长清穿上何遇平常做菜时的围裙。

砧板上放着一块生肉,上面还有血水流淌下来。

"你这块猪肉够新鲜的啊,是哪个部位的?我一下瞧不出来。"林长清拎起猪肉,左看右看。

"是黑猪的猪颈肉,姑姑托人从国外快递回来的。"

"那我可真是有口福啊。"说罢,林长清凑过去闻了闻,似乎对那块稀有的猪肉很是新奇。

砧板啪啪作响,不一会儿猪肉就被切成大小不一、横七竖八的模样，林长清的厨艺似乎不太好。

何遇摇了摇头，很是可惜那块肉。他其实很喜欢做饭，尤其是菜刀切开生肉时的手感，更让他有些欲罢不能。之前何遇撒了谎，并不是姑姑工作太忙，而是他硬把做饭的工作从姑姑手里抢了过来。

何况这次的生肉并不一般。

林长清似乎并未觉得自己厨艺糟糕，他从不在乎菜的味道，有碗白饭能填饱肚子就成。接了一锅清水，准备把猪肉放进锅内烫一下。趁着水开的空当，他切起何遇已择好的芹菜。

"你认识戚夕吧。"

何遇眉头一蹙，林长清用的是肯定的语气。

"嗯，林叔你认识她？"

别忘了今天这么多警察在学校，按常理来说你肯定看见了。熟悉的声音在脑内提醒。

我不傻。何遇心中冷冷回应。

"跟一个案子有关。"林长清说。

"戚夕是出了什么事吗？"何遇转过头，看向林长清的侧脸。他在揣测自己该讲到哪个程度。

"没什么，你之后就会知道的。"林长清的表情没有变化，"你跟她熟吗？"

"嗯……"何遇装作沉思状，"一般吧，刚认识没多久。"

你怎么不提戚夕妈妈那通电话？脑内声音疑惑道。

章四

不用，那晚她肯定不止给我一个人打过电话。何遇在心中说道。

林长清点了点头，沉默一会儿后，又问："今天考试考得怎么样，有没有信心上重点高中？"

何遇心头一紧，是问不在场的证明吗？

水突然开了，蒸汽扑腾着锅盖，林长清赶忙去关掉炉火，捞出猪肉。翻滚的蒸汽正好隔开了何遇和林长清，掩盖住何遇略显僵硬的神情。

是对我的单独怀疑，还是怀疑全校师生？

"还行，应该是正常发挥吧，上重点高中还有点难度。"何遇没有停下择菜的手。

"这样啊。不是还有半年嘛，加把劲儿，你肯定可以的。以前林叔教你下象棋，好像就赢过你一局。"林长清脸上露出回忆的神情。

"嗯，甩赖皮的那局。"何遇露出违心的笑容。

"哈哈，等下次，我一定再跟你来两局。"

林长清的笑容没持续多久，似乎想到了什么，问道："何遇，考试的时候，你有注意到谁没来吗？"

"不知道，班级是打乱的，谁没来的话，我也看不出来。"何遇摇了摇头，他说的是实话。

"这样啊。"

之后林长清没再问关于案子的事，东一嘴西一嘴地询问何遇的生活状况。何遇基本都是如实回答。只不过，林长清似乎一直在旁敲侧击地问何遇是否回忆起那段丢失的记忆。

菜炒完了，红烧肉、肉丝芹菜、麻婆豆腐和番茄蛋汤，三菜一汤。何遇先将菜端上餐桌，林长清在盛饭。

端着白米饭出来的时候，林长清的目光被客厅的电视吸引过去。何遇家只要有人在，就不会关电视，至多是静音。现在上面正在播报一则新闻，一张身着校服的女生照片出现在播报员身旁。虽然女生的上半张脸有打码，但熟悉的人还是能一眼认出那就是戚夕。

何遇的位置背对电视，他只是扫了一眼，装作并未认出的模样。

"抱歉，没想到这么晚了，林叔今天不能陪你吃晚饭了。"林长清迅速放下饭碗，说完就朝门口走去。

"林叔，那我帮你打包吧，我一个人也吃不下这么多啊。"何遇喊住林长清。

林长清的脸上布满急不可耐的神情，但不好意思拒绝。

"很快，就几分钟。"何遇从橱柜内拿出打包盒，姑姑着急上班的时候也经常打包，所以家里一直有备着。

快速将一半食物倒入打包盒，何遇又从厨房拿出一个塑料袋，上面还贴有黑猪肉和快递的标签，这就是之前包裹生猪肉的袋子。

林长清早已等在门口，何遇递过袋子，双方道别。何遇看着林长清步入电梯，眼神余光又瞟到林长清的大衣还

章四

留在衣架上,想追出去,电梯门却缓缓关上了。

电梯内,林长清注视着楼层键的按钮一层层往下降,一阵叹息。好像白跑一趟,何遇母亲的那件事还是没有问清。看何遇现在的模样,有些安静,倒也没什么大问题。他一度怕那件事给何遇留下阴影。

电梯不断下降,林长清的记忆沉向过往,那个炽热的七月。

报警人是一名护工,林长清是赶到现场的第一批民警。救护车比警车先到,林长清和搭档挤上狭窄的楼梯时,急救人员正抬着空担架往下走。

出租屋不大,很整洁,茶几和柜子上都摆满了药品。穿过客厅,不大的主卧内塞满了医疗器械,心率监测仪上拖着一条长长的直线。床上一名憔悴的女人侧躺着,已经发黑的血迹几乎布满床榻。女人外露的胳膊和小腿上呈现尸斑,而且尸斑不再转移。

床侧有两名医护人员,其中一人是报案的护工,正托着输液袋。林长清探头向内望去,一名四五岁的男童蜷缩着依偎在女人怀里,就那样睡在干涸的血泊中。

女人喉咙处有一道口子,旁边的枕头上掉落着一把水果小刀,沾着血液,刀刃已经呈现红褐色。

"孩子怎么样?"林长清问护工。

"一天一夜没吃东西,很虚弱。"护工叹气,眼神中满是自责,"太可怜了。"

"她……应该下不了床吧。"林长清不忍心再看向女人那宛如骷髅的双腿。

"尿毒症晚期，翻身都要帮忙。水果刀，我都会放在孩子够不到的台子上，没想到……"护工捂着脸，尽量不让自己哭出来，"我要是早点来就好了，我早该想到……她会这样……"

护工抽泣起来，林长清叹着气走进厨房。刀具摆放得很靠里，凭小孩子的身高是够不到的。刀具旁打翻了两瓶调味料，林长清脚边还摆放着一个儿童用的小板凳。

是站在板凳上，用力去够刀的时候，打翻的调味料吧。估计是母亲让孩子去拿刀，然后母亲用最后的力气结束了自己的痛苦。

靠着墙壁，林长清怅然若失，吐出一口烟。烟雾钻过通风口管道，在白云下飘散。

案子以自杀收尾，不会有人去起诉一个五岁男孩犯了间接杀人罪。

门砰的一声被关上。

何遇返回餐桌前，慢慢收拾碗筷，剩下的食物也没有吃，统统倒进垃圾桶。忽然他抬起头，仿佛在对着空气说："人走了，你可以继续。"

一个白色身影从黑暗的卧室内走了出来。杜月一身长款白色羽绒服，眼角有哭过的痕迹。

"是你……杀了我妹妹吗？"杜月紧紧盯着何遇的双眼。

| 章四 |

何遇收拾碗筷的双手停顿了一下，然后冷静地张开嘴唇，吐出几个字：

"嗯，是我杀的。"

他那冷静的声音，一下子就将屋内的温度从杜月身边夺走了。

何遇将叠在一起的碗筷，放进厨房的洗碗池，在刚才准备吃饭的位置坐下。他泡了一杯红茶，放到杜月面前。杜月跌坐在餐椅上，像置身在最阴暗的冰窖中，舌头打战，说不出话，默默注视着面前少年的行为。但即使她说得出话，她也不敢指责少年的言行，更不敢大声吼叫。

是我杀的。

这句话在杜月耳边久久回荡，却始终无法渗入脑内，就像嘴里含着一块冰，却尝不到水的味道。她不敢融化这句话，哪怕只有一丁点可能，她也希望妹妹还活着。

她想念妹妹的笑容，很后悔，为什么这么多年都未去见妹妹，现在能回忆起来的居然只有妹妹小时候的模样。那时，她们都只是小孩子，姐妹俩一起步行到很远的地方。正值初春，气候很温和，年初的时候，她们刚刚上幼稚园。所以住宅区后的小斜坡，对于她们来说就像山峰一样陡峭。

"别爬了，我们回家吧。"爬到一半时，杜月后悔了。

"不，要爬。"妹妹笑着露出小虎牙，伸出手，递到她眼前。

姐妹俩手牵手，一步一步往上爬，有白色的小鸟从她们头顶飞过。

那时掌心的温度一直存留在她心底。

想到这儿,杜月觉得身体的温度又回来了,热量从手掌蔓延至全身。

"不要紧吧?"何遇伸出一只手,想越过餐桌,去碰杜月的肩膀。

就在少年的指尖快要碰到她的衣角时,她尖叫起来:
"不要碰我!"

何遇悬在空中的右手缩了回去,他重新坐在餐椅上。嘴唇动了动,似乎说着,真的不要紧吗?

杜月看着何遇重新放在餐桌上的手,那是从校服的白色衬衫袖口露出来的一双白皙的手。她记得这双手,和多年以前一样修长,指甲修剪得很漂亮,然而正是这双手杀死了自己的妹妹。

她很确信面前的少年有这样的杀意,从很久之前就确信。

"为什么?为什么你要这样做?"杜月的声音哽咽。

"因为必须这么做。"

少年的语气依旧没有情感波动,像一棵离开了泥土枯死的植物,它虽然本质上还是植物,可已经失去了生命。

"你没有回答我的问题!"

"因为我喜欢戚夕。"

杜月瞪大双眼,猝不及防的回答令她脑中一片翻腾,他疯了,因为喜欢所以杀人?杜月已经不知道该对他感到

章四

愤怒，还是恐惧。

而何遇依旧一副异常冰冷的目光，审视着面前的人儿。在这样的目光下，杜月觉得自己就像即将被解剖的青蛙，连内脏都清晰可见。

"你们长得真像啊，连眼睫毛都一样长。"

"戚夕没有什么不好，都是我自己的问题。"何遇的语气很平和，像在讲述一个跟他毫不相干的故事。

"你的问题？"

何遇突然抬头望向天花板，过了好一会儿，才缓缓开口，"我也曾觉得自己会像普通人一般，平淡地度过一生。直到小学时，我才发现自己和别人不太一样，就像有人在指挥我必须走上岔道一般。"

"你到底想说什么？"

"我只是在描述一个人，一个脑子里被塞入残肢断臂、各种尸体的人，而那人又不知道这段记忆从何而来。感觉就像牵线木偶，任人摆布的木偶，不知道自己为何要这么做。所以小时候，我经常望向天空，想找到那几根牵着我身体的线。抬头却只能看见小鸟飞过，那里什么都没有。"

何遇低下头，杜月觉得他的眸子中有两个黑洞，正在吞噬周围的光线和温度。

"曾经我想摆脱被操控，现在却又渴望被操控。我已经无法离开对尸体和血液的幻想了，对于我来说，只有死亡才能让我真正感受到自己的存在。"

"你到底有什么精神问题?"杜月觉得面前的少年已经不能称之为人,是剥离了人性而苍白的恶魔。

"就当我是精神问题吧,那你呢,听到妹妹的死讯,没有感到一丝窃喜吗?"

"你胡说八道些什么!"杜月猛地拍击桌面,站起身,直勾勾地盯着何遇。

茶水被打翻,何遇不慌不忙地拿来抹布,擦掉水渍。做完这些,杜月看着少年从口袋里掏出一串红绳。

红绳被何遇递到杜月眼前,似乎想让杜月仔细看清。红绳上挂着两个吊坠,是类似两个月牙状的白色小石头。

一股冷气从杜月脚底直冲头顶。

"你不羡慕这两颗虎牙吗?这是你们姐妹唯一的区别。"

两颗虎牙随着红绳,轻轻摇摆。

"你这个疯子!你疯了!彻底疯了!"杜月破口大骂,想抢夺那串红绳。何遇却早已收回。

杜月想绕过餐桌,扑向何遇,可何遇接下来的话,让其动作骤停。

"你真的不嫉妒吗?为什么你姓杜,妹妹姓戚。"

"那是因为妹妹生病了,爸妈只能照顾妹妹,没时间管我……"话越说到后面,杜月的声音越轻,几乎弱不可闻。

"所以你很嫉妒妹妹的病吧,为什么她能遗传父亲的心脏病,自己却不能。"

"不是这样的,爸妈都是没办法,没办法同时照顾生病

章四

的妹妹和我……"杜月用手抚着脸，紧紧地闭上眼，忍受着何遇的一言一词。他的每一句话都像用拳头在猛烈锤击杜月的心脏。

"你真的是这么想吗？那你为什么如此痛苦？你很想成为她吧，我打赌，你一定躲在角落，看着妹妹和父母聊天，自己却不敢上前。"

"求求你，不要再说了。"

"为什么即使妹妹的病几乎好了，父母都没接自己回家，是他们本来就想抛弃你，所以顺便找了个借口吧，你曾经没这么想过吗？"

杜月抬起头，脸上布满泪水，几颗泪珠正从眼眶内翻滚而出，在灯光下泛着剔透的光芒。何遇将盒装餐巾纸推到杜月面前。

见杜月没有动作，何遇抽出两张餐巾纸，轻轻擦掉杜月脸上的泪痕，"不用哭，这是我瞎猜的。你不都说了嘛，事实并不是这样。"

"为什么要跟我说这些。"杜月眼眶红肿。

"没什么，就当我说了些废话。"何遇起身离座，从柜子里拿出一台DV和一个白色信封，"很抱歉，今天在你不知情的状况下，我利用你在学校做了些事。这里面是一份录像和后续的计划。"

他将白色信封推到杜月面前，"你完全可以拒绝。放心，不论你如何选择，我都不会伤害你。"

"为什么？"杜月怔怔地听着何遇的承诺，没来由地选择相信。

"同类，因为我们很像同类。"少年像林长清一样摸了摸下巴，嘴型好像在说"朋友"，等他真的说出口时，又变了。

何遇没有等杜月的回答，径直走向门口。杜月低头看着信封，颤抖着准备拿起，却始终无法下定决心。回忆又涌上心头。

"姐姐和我长得好像喔！"女孩伸手去摸杜月镜中宛如瓷娃娃的脸。

"因为是双胞胎呢！"她煞有其事地点点头。

"双胞胎？所以说我们会一直长得一模一样，一直在一起了？"女孩身着白色的病服，露出两颗可爱的小虎牙。

"对！不过我是姐姐！"她瓷娃娃一般的小脸严肃起来，仿佛在说一件十分郑重的事儿，然后不到一秒钟又笑起来，就好像宁静的水面溅起美丽的涟漪，因为被妹妹挠痒而无法保持作为姐姐的威严。

那是发生在一间小小病房内的小小插曲，不过仅仅维持了一段不长的时间，因为妹妹的病加重了，不能再玩再闹。

护士姐姐为什么要赶我走呢？站在病房门外的杜月呆呆地歪着头，手里捏着要送给妹妹的布娃娃。

后来，连妈妈都要赶她走。

章四

"对不起,是妈妈没用,对不起,对不起,对不起……"那天,母亲抱着她,一直重复着那三个字,泪水打湿了她的后背。

站在旁的陌生男女,拉开了她和妈妈。

杜月扬起稚嫩的脸庞,疑惑地问:"怎么了?"

"因为你是姐姐,要照顾妹妹啊。"男人勉强挤出一丝笑容,似乎很不习惯地摸了摸她的头。

"这样妹妹就能好起来吗?"

男人点了点头。

"太好了!"年幼的杜月欢呼雀跃,蹦蹦跳跳上了陌生男女的车。

现在回想起来,杜月已经记不清自己真的是因为那个好消息才开心地离开,还是只想逃离那种莫名其妙的氛围。

当车驶离医院,透过后车玻璃,杜月看着医院越来越小。玻璃上倒映着她的小脸,她开始疑惑,妹妹不是要好起来了吗,妈妈为什么要哭得那么伤心?

当时的杜月并没有注意到,后窗玻璃上,自己的眼眸中出现了和何遇类似的黑洞,只是要小得多。黑洞缓缓旋转着,缓缓变大。

天台冷风穿梭,何遇点燃一根烟。香烟是从林长清拉下的外套口袋内翻出的,烟雾入口辛辣,这是他第一次抽烟。

"要我告诉你关于她的故事吗?这样你就能控制她了。"何遇脑内的声音再一次响起。

"不需要。"何遇弹落烟灰,又掏出那串红绳,戴在了脖子上。

那两颗虎牙触碰到他的胸口时,很冰凉,不过正在被他的体温渐渐温暖起来。

章五

　　雨停了，天空还是灰蒙蒙的，没有月光。路灯摇曳，倒映在积水中的街道看起来一片污浊。公安局大半的灯都灭了，只余下刑侦大队的办公室还亮着。

　　跨过公安局大门时，林长清看见一个人影站在接待大厅门口抽烟。

　　"许磊，怎么不进去？"林长清低头看了看散落在男人脚跟前的一堆烟头，说道。

　　"等抽完这根。"许磊自顾自地抽着烟，旁若无人。

　　"难为你了。"看着许磊黯淡的神情，林长清拍了拍他肩膀。

　　"林队，你知道我和苏队把戚夕过世的消息告诉她母亲时，她说了什么吗？"许磊猛吸一口烟，将烟头胡乱踩灭，"她说你们找错人了，她还在等女儿放学回家呢。"

有一只飞蛾从林长清眼前飞过，扑向二人头顶的灯火。一缕青烟四散，被烤焦的飞蛾缓缓坠落。

"她还说她要赶紧做晚饭了，女儿上了一天学，会很饿的……"

"唉，母性的本能吧，选择了逃避，也好，也好……"林长清掏出烟盒，点燃两根，一根递给许磊。

"派出所两天前就接到了失踪报案，如果能早一些把案子交给我们的话，或许……"许磊说道。

"许磊，你应该很清楚，就算我们能提早两天得知，那个女孩也早就死了。"林长清直视他的双眼。

许磊低头不语。

"现在我们对家属最好的交代，就是尽快抓到凶手。"林长清又拍了拍他肩膀，"我先进去了，媒体已经知道了消息，要抓紧。"

林长清率先走向刑侦队的办公室，许磊犹豫了一下，慢慢跟上。

二人刚走进办公室，门又被忽然推开，用踹开来形容也不为过。来人不是刑警，是网络安全部门的人。

"林队，苏队，网上有条视频，快来看一下！"

天光微启，总算冲淡了一丝阴霾，雨却又开始下起来，有越下越大的趋势。公安局内依旧维持着夜晚的照明，没人有多余的精力去注意天已经亮了。

| 章五 |

　　林长清双眼布满血丝，盯着面前的两个监视器，分别是两间审查室的内部画面。四名刑警正在对两名少年轮番盘问，两名少年还身着睡衣。刑警气势汹汹，两名少年似乎先前已商量好，摆出一问三不知的模样，就是不张嘴。

　　警方算是领教了叛逆的孩子到底有多执拗，却又不能对未成年人下手太重。

　　苏南正趴在林长清身后的办公桌上小憩，这是两人很久之前定下的规矩，谁都可以不睡，指挥的人必须休息。头脑清楚才能指挥下一步的行动。

　　苏南旁边坐着一名网络安全部门的警员，他本是夜班留下执勤，不料工作量比寻常上班还大。熬了一夜，他活动了一下脖子，双手终于脱离键盘。

　　"怎么样，他们两人的音频能分离出来吗？"林长清走上前询问。

　　"不行，三人说话的重合度太高，我知道的方法都试遍了。"

　　"那直接比对声纹能办到吗？"

　　"DV采集的声音质量太差，达不到作为证据的精度。"

　　警员摇了摇头，林长清对他说了声"辛苦了"。

　　到这紧要关头了，缺少证据吗？林长清双拳紧握。

　　警员面前的电脑屏幕上，一段录像正在循环播放。画面中戚夕似乎在昏睡，胳膊被人举过头顶伸至画面外，显然是正在被人拖行。虽然画面没拍到戚夕周围，但能听见哄笑声和淫秽的词语,系统分析过,是三个人的声音。

戚夕衣衫凌乱,衬衫被强行扯开,手持DV的人似乎还觉得不过瘾,掀起戚夕的裙子,妄图将DV探入其内。戚夕被拖行到一个黑暗的房间,能略微看到学生用的桌椅。这时,戚夕有苏醒的迹象,手脚并用挣扎着想摆脱禁锢,有人在喊:"他妈的,还不快过来帮忙!"

另一双手出现在画面上,用力摁住戚月上半身,那人是背对着镜头的,没露出脸,只看到戚夕那所中学的男生校服。等戚夕被压制住,原本拖行戚夕的人出现在镜头前,是一个身材矮小的少年,脸上带着不属于他这个年龄段的凶厉。少年的身份已经查明,是和戚夕同年级不同班的孙天铭。

孙天铭拧开一个矿泉水瓶,捏住戚夕的脸,将浑浊的液体灌入她的口中。戚夕再度昏迷,只是除了昏迷外,戚夕开始口吐白沫,身子仿佛咬钩的鱼,不断蜷缩扑腾。几秒后,身子软了下来。

孙天铭拍了拍戚夕的脸,恐惧终于爬至他脸上。站在电脑前的林长清闭上双眼,剩下的内容,他不忍再看一遍,是三人开始逃跑。镜头摇晃着掉落在地,前景带到戚夕的胳膊,后景是三人逃跑的背影。

视频到此戛然而止。

"如果那个时候拨打求救电话,女孩是能救回来的。"

章五

法医是这么跟林长清说的。

即使再看一遍,愤怒依旧在林长清胸口不断蔓延。

这时,办公室的门被推开,两拨人前后脚走至林长清面前。进屋的几人身上都沾着雨水,一步一个水印。

苏南一下就站了起来,林长清怀疑他根本没睡着。

"苏队,上传录像的那家网吧盘查过了,老板说那台机子今天晚上根本没人用过。我们核实过监控录像,他没说假话。"

先前戚夕的录像上传网络后不久,网络安全部门就查到了对方的 IP 地址,随即派出人员调查。

听几人说完,网络安全部门的那名警员露出疑惑的表情,自言自语道:"不会有错啊,我排查过,没有黑客入侵的痕迹,怎么会……这样……难道?"

他突然站起身道:"我明白了,对方是通过无线网遥控的。"

看到所有人都很疑惑的表情,他解释道:"对方是通过网吧的无线网,顶替了那台电脑的 IP 地址。没留下痕迹,只能是近距离通过无线网遥控。"

"近距离?有多近?"苏南问。

"没看到路由器,说不准。不过网吧的无线信号一般能覆盖一两百米。"

林长清心想,那就是在路边遥控的。

"去把今晚网吧附近的监控录像都调出来,仔细找。"

几人听完苏南的指令,刚转身,苏南又喝住他们。

"等一下,先听另一边汇报完。"苏南看向另外几位刑警,"怎么样,孙天铭找到了吗?"

"那小杂碎常去的地方都翻遍了,没找到。"几人面露尴尬。

难道事先逃跑了?林长清摸着下巴。录像一曝光,警队立刻就锁定了孙天铭、李海和邱实三人的嫌疑。虽然录像只拍摄到孙天铭一人,但通过对唐小宁的询问,立刻就牵出了李海和邱实的身份,再出动警队进行逮捕。前后不超过两个小时,初中生怎么会有这么快的消息渠道和反应速度?

李海和邱实遭逮捕的时候,正在家中睡觉,根本没准备逃跑。

苏南皱起眉头,边坐下边说:"跟孙天铭父母核实过吧,确定那小子今晚没回家吗?"

"没回过家,冰箱里的食物没动过。"几人点点头道。

"那好,你们几个,"苏南同样指着从网吧回来的那些刑警,"统统去调查孙天铭的行踪,从他离开同学、朋友或家人的视野开始,调集所有监控录像。我要你们用最快的速度找到那小子,其余的事情都可以置后,明白吗?"

"明白!"所有人齐声回答,目露锋芒。还在分析录像的警员一愣,网络安全部门可没有这样的气势。那该有多少录像要看啊?他都没看到有人皱一下眉头。

章五

他不明白的是，刑警队所有人看完戚夕被杀害的录像后，都很愤怒。

所有人都出去工作了，这时，许磊走上前，裤管上还沾着未干的泥土。他将一份资料递给苏南，恰巧苏南的手机响起，苏南又将资料递给林长清。

林长清快速翻阅资料，是孙天铭、李海和邱实的学生档案纪录，以及三人的同学、老师和父母的部分口供，一晚的时间内收集这么多很不简单，许磊下了一番苦功夫。

苏南挂掉电话，走回来，"局长跟我说，没有证据，十二个小时内必须放人。"他看了一眼手表，"还有三个小时，老林，你有把握吗？"

林长清根本没正眼看苏南，一直低头翻阅资料，也不回答，都不知道有没有听见苏南的问题。许磊想告退，帮忙去查看调查孙天铭的录像，他在苏南先前对众人下命令前就回来了。

苏南拉住他，让他等会儿再去。这时，林长清终于将资料翻至最后，他抬起头来，眼内一片血红。

林长清嘴唇动了动，冷静地吐出几个字，"给我十分钟。"

看着面前这位熟悉的林队，许磊突然觉得异常的陌生，一股他从未见过的气息正从林长清体内散发出来。许磊偏头看向苏南，后者正一脸玩味地看着林长清。

"让四个兄弟出来。"林长清对苏南说，语气平淡，却是命令的口吻。

苏南如实照办。

"小子，把这个和录像给邱实。"一个对讲机，被林长清甩手丢给坐在电脑前的那名警员。

"我要让他吓到尿裤子。"林长清临走前的一句话让那名警员和许磊呆滞了很久。

苏南则气定神闲地走到两台监视器前坐下，又指了指旁边的空位，示意许磊坐下，"我已经很久没见他这么认真了。"

许磊慢吞吞地坐到苏南身旁。苏南取下眼镜，哈了口气，用衣角慢慢擦拭。

"许磊，你知道在野外，狼群会在什么时候攻击猎物吗？"

许磊挠着后脑勺，完全不知道苏南的言外之意。

"天刚黑后和天亮时的半小时内，也就是猎物准备休息时和刚醒后，那是猎物最疲惫和警觉性最低的时刻。"

许磊看向窗外刚升起的朝阳和监视器内的李海、邱实，二人被盘问了一夜，早已筋疲力尽。苏南重新戴好眼镜，将监视器的音量调大。

"你看好了，现在发起进攻的可是狼群中的狼王。"

林长清走入监视器的画面内，被铐在椅子上的李海立刻挺直身子，抿着嘴，一副被打死也不肯说的模样。

林长清右手伸向内衬的口袋，边掏什么边走近李海。

章五

他能感觉到李海全身绷直,好似要抵抗林长清从怀里掏出的武器。林长清掏出一串钥匙,在李海面前晃了晃,才伸到李海背后,解开了他的手铐。随后,林长清坐到李海对面,又将一份早点放在他面前。

林长清随意翻阅着先前看过一遍的资料,像是第一遍阅读。

"李海,零二年生,今年十四岁,这上面有写错吗?"

李海依旧戒备心很强,根本不看面前的早点,瞪着林长清。

"干吗这么看着我,怎么,觉得警察都像你爸一样,喜欢打小孩?"

李海依旧未回答,死死瞪着林长清。

"李海,零二年生,今年十四岁,是吗?"林长清又念了一遍李海资料上的第一行字。

之前的挑衅有点效果,李海很不耐烦地说:"妈的,有完没完。"

"所以,你承认你十四岁了?"

"你是白痴吗?老问这些有的没的,还没有前面两个警察聪明。"李海换了个更舒服的坐姿,跷起二郎腿。

"那你真是可惜了,要是晚出生两年就好了。"林长清放下资料,很用力地叹了口气。

李海的注意力被林长清的语气和动作吸引。林长清又掏出一部手机,是李海的手机,手机背面贴着某个韩国女团的贴纸。林长清在触摸屏上左划右划,时而又对着某张照片面露笑容。

"呦,这美女身材真好,前凸后翘,很合我的口味。"林长清将手机凑到李海面前,指着手机上赤裸着下半身、不断扭动着的女人,"这女人叫什么?回头我也搜两部片子看看。"

李海扭过头,眼神却不断瞟向自己的手机。

林长清又将手机收回,嘿嘿笑了两声,"这不是有名字嘛,波多什么的,还好是日文,能猜猜。"

将李海的手机放回口袋,林长清又重重地叹了口气,似乎很是惋惜地看向李海,"可惜啊可惜……"

李海憋着不说话,只是眼神却出卖了他,像是在问,到底可惜什么?

林长清开始转动手上的铅笔,"可惜你今年十四岁,要是晚一年出生的话,顶多是批评教育一顿,去少管所走个过场,回来该玩就玩,啥事没有。"

铅笔在林长清手上转得越来越快,"所以可惜啊,十四岁是要承担刑事责任的,这下你可要坐牢了。"林长清故意露出幸灾乐祸的神情,"在牢里,可没有什么长腿的漂亮姐姐,你知道像牢里最多的是哪种人吗?"

李海脸色喉结耸动,咽了一口口水。

"该怎么跟你形容那些人呢。"林长清站起身,摸了摸下巴,"噢,对了,跟你爸很像。"

章五

李海脸色逐渐发青，又由青泛白。

林长清绕到李海背后，顺势拍了拍他的后背，"没事的，不用这么担心。你这样细皮嫩肉的小男生，还是很招某些老男人喜欢的，他们会好好疼爱你。"

林长清手上停止转笔，用笔杆指了指李海的裆部，似乎手滑了一下，铅笔就掉落在李海两腿中间的地上。林长清作势去捡，却不小心踩了一脚。

嘎嘣，很轻微的一声响，在审讯室内回荡，李海全身随之哆嗦了一下。

林长清抬起脚，面露可惜，又拿起了资料，"哎哟，孙天铭和邱实都是十三岁，他俩真是幸运。"

似是没听见林长清的话，李海愣神般盯着两腿中间的碎塑料渣子，依稀可见铅笔的圆柱形状。李海额头开始冒冷汗。

"怎样，叔叔跟你做个交易，不用说你做了什么，跟叔叔说说孙天铭和邱实做了些什么，叔叔就放过你，怎么样？"

李海嘴唇动了动，还是没有吐出一个字。

"不用大声说，更不会让你写下来。"林长清指了指天花板的探头，"这里只有我们两个人，悄悄地跟叔叔说就行，外面人听不见的。"

林长清将耳朵凑到李海嘴边，"不然你可要一个人去蹲大牢了。"

林长清已经在外套内打开了对讲机。

"都是孙天铭和邱实做的,跟我没关系,孙天铭下药毒死了戚夕,他是主犯。"李海犹豫再三,终于缓缓开口。

隔壁审讯室内,邱实听完对讲机内李海的声音后,一股尿骚味出现在他裆部。

林长清"嗯"了一声,把早饭推到李海面前。见前者没有后悔的表现,李海拿起热腾腾的油条,坐了一夜,他饿极了。

林长清往门口走了两步,又回头,面无表情地说:"慢慢吃,牢里还有很多。"

李海抓着油条的手僵在半空中。

"我的同事可没跟你说过戚夕是毒死的。"

林长清的语气毫无感情,眼神冰冷,仿佛是在审视某件死物。

步出李海的审讯室,林长清迅速走进另一间审讯室,邱实正哭得满脸鼻涕眼泪,似乎已明白自己会有什么下场。

林长清双手撑在桌上,俯视邱实,"邱实,李海刚刚出卖了你,他说是你和孙天铭带的头。我不相信他的话,可能李海才是带头的人,你可以把事说清楚,这是不让你受苦的唯一选择。"

邱实哭得稀里哗啦,整条裤子都尿湿了。

林长清指着邱实面前的笔记本电脑,上面正好是戚夕

章五

口吐白沫的画面，"有人死了，必须有人来承担责任，你明白吗？那个人可以是你，也可以是李海和孙天铭。"

邱实哭得更厉害了，泣不成声地吐出几个字，"我……我……没有杀人。"随后又陷入抽泣中。

林长清蹲下身子，平视邱实，语气温柔，"孩子，你知不知道你不说出来会有什么下场？"

邱实停止抽泣，就这样呆滞了几秒钟，之后一边小声抽泣一边缓缓张嘴，"我不想伤害她的，说不定她没事呢？"

"没事？她死了！"

"不可能的！"邱实几乎是吼着，"我和李海回去看过，戚夕不见了！"

"你们又回去找过戚夕？"

"我只是听孙天铭的话，他说那个药吃不死人的，他一直都用，李海也说看过以前的录像。戚夕不会死的，她没死！"邱实像没听见林长清的问题，自说自话道。

"你在说什么，那个药用过很多次？在哪里用的？告诉我！"林长清眼神突然一变。

"她没死……她没死……"邱实重复着这句话，捂着自己的耳朵，将脸埋在桌子上，不断抽泣。

"邱实，抬起头，告诉我那个药孙天铭用过几次，是在上周五之前用的，还是之后？"

邱实依旧低着头重复那句话，好像要把脑袋埋进桌子里。

二次谋杀

林长清果断地走出审讯室,一脚踹开关押着李海的那扇门。在李海震惊的目光下,林长清一把掀翻李海面前的桌子,餐盘碎裂一地。

在李海没有反应过来之前,林长清已经揪着他的衣领,将他从椅子上拎了起来,就像拎起一只小鸡。

"说!其他的录像在哪里!"

林长清将李海摁在墙上,手掌停在对方的咽喉,根本没给对方说话的机会。直到李海开始眼光闪躲,林长清才逐渐放松手掌。

"啊咳……咳咳……在……在孙天铭家里。"李海嗓子眼都几乎呕出来,他现在才惧怕,面前的男人如果愿意的话,随时可以杀死自己。

得到答案,林长清松开手,李海顿时顺着墙壁滑落在地,捂着喉咙不断干咳。

大批警车闻讯而动,犹如狼群过境一般急速穿行车道,在一对衣着精致的夫妇目光下,警方不问一句就开始翻箱倒柜。

在一个名贵的红木书架后,警方发现了几张刻录的光盘,上面还用签字笔标注日期。林长清扫了一眼,半天说不出一句话,虽然没有戚夕被杀之后的日期,可是……

调查人员逐一对光盘拍照,重点拍清上面的字迹,之后要拿来当证据。

| 章五 |

2015.02.14，情人节女生
2015.05.28，捆绑 play
2015.10.31，公园女厕所
…………

章六

"我们是受害者,你搞清楚,警察就可以胡作非为吗?!你们有搜查令吗?!我要告你们!"身着西装的男人气势汹汹地指着苏南的鼻子骂道。

男人身边坐着一个妆容精致的女人,一身洁白色职业女装,看裁剪就知道是名牌。此刻,她正在小声哭泣,睫毛膏混合着眼泪在她双颊留下两道黑线。他们是孙天铭的父母。

看着男人指向自己的那根手指,苏南没有继续往下说,关门离去。他本想问出一些有关孙天铭行踪的线索,现在看来是自己想多了。

办公室内的刑警少了一半,苏南让部分人先回去休息,轮班查找孙天铭的行踪。

"啊!为什么是我女儿!为什么!"

章六

突然,一声女人的哭喊声从苏南左侧传来。他停下脚步,转头望去。那个方向是接待室。

接待室是玻璃结构,此刻并没有拉上百叶窗帘遮挡,所以苏南能听到看到。一个憔悴的妇人正拉扯着许磊的外套,一边哭喊"为什么"一边捶打许磊的胸口,哭得撕心裂肺。许磊像根木桩一般站着不动,任凭妇人捶打。

刑警队都在忙案子,只有许磊能空出手来通知其余的受害者家属,那些以前被孙天铭凌辱过的女孩的家属,现在在接待室的妇人也是其中之一。

得知自己女儿曾经的遭遇后,所有父母皆是脸色煞白。询问之下发现他们之前竟然对这件事毫不知情。估计他们的女儿是怕公布后,自己遭受歧视吧。苏南心有所感。

苏南走出办公室。许磊依旧像木桩般站在原地不动。妇人捶打了十几下后,终于力竭,扒拉着许磊的衣服跪倒在地,掩面痛哭。

"现在的学生都是怎么了?"说话的是离苏南不远的一名刑警。

刑警坐在电脑前,将手中的纸笔胡乱扔到一边。电脑屏幕上正在播放从孙天铭家中搜出的录像,他负责记录其中的罪行,只是他再也不忍看下去了。

驱车回家准备换套衣服的路上,苏南顺路来到戚夕就读的中学,将之前借用的移动硬盘还给唐小宁,里面是学校的监控录像。其实学校大半的监控摄像头都处于年久失修、无用的状态，没记录下什么有价值的线索。

唐小宁又拉着他问了几句案子的进展，苏南没有多说，言语之间都是不便久坐的意思。他正准备告辞，唐小宁拿出一张照片递给他。

看到照片上的画面，苏南感觉自己心跳开始加速。

"还有人看到戚夕在美术室？"

"当时一位老师听见了我和两名学生的争吵，走出办公室去看。我们去往美术室的时候，他没有离开教务楼的走廊，然后用手机拍下了这张照片。"

照片中，窗户玻璃上泛着诡异的光晕，戚夕面色惨白，沾血的长发凝固成一团，胡乱缠绕在身上。这副模样，让苏南想到了《午夜凶铃》中的贞子。

"那位老师看到戚夕从美术室内消失的过程了吗？"苏南的语速很快。

"没有，他拍照片时，听到有东西碎裂的声音。他转头去看，等他再回过身时，戚夕就不见了。"唐小宁摇了摇头。

只用了几秒钟，尸体就消失了？苏南心想。

"什么东西碎了？"

"他之后下楼去检查过，还以为是戚夕摔下楼了。结果那只是一个玻璃杯，掉在二号楼北面楼底下。"

苏南又细问了几句，要了那位老师的联系方式，请他之后来公安局做一次笔录。

步出唐小宁的办公室，苏南远远地看见一个熟悉的人

| 章六 |

影弓着背，趴在走廊的扶手上，手里攥着那张照片。

"在比对照片？"苏南拍了拍林长清的胳膊。

苏南背靠扶手，抽出两根烟，想起这是在学校，又放了回去。

林长清依旧靠在教务楼的扶手上，望着前方的二号楼，学生和老师正在各个窗户内上课。

"比对过了，照片角度很正，是从这下面的第四层走廊正对着美术室的窗户拍摄的。"

"我会用局里的计算机再比对一遍。"

"照片应该是真的。"林长清指着照片上未被窗帘遮住的部分，"石膏像和画作的摆放位置都是相同的，连角度也没有变化。"

"那你还在这儿看什么？"

"苏南，我觉得事情有点奇怪。"

"嗯？"

"如果戚夕的尸体是一直被藏在美术室的窗帘后头，怎么会在将近十点才被人发现，那时离教师上班已经过去三四个小时了。"

"那个时候教师都在准备初三全年级的月考，所有人应该都很匆忙。"

"有这个可能，只是目击者看着有点怪。"

"你怀疑目击者中有人在说谎？"

林长清嚼着口香糖，摇了摇头说："不是，他们说的都是实话，何况还有照片为证。只是给我的感觉，目击者像是被刻意挑选过的。那对小情侣在这里亲热是常态，有意的人都能注意到，以及唐小宁的出现，大致的时间也能估算出来，她是教导主任，巡视考场也是习惯。"

苏南思考林长清的话，烟瘾又上来了。林长清递给他两颗口香糖后，继续说着自己的观点，"那对小情侣在这个地方被教导主任逮到，也不是第一次了。所以目击者像是被人刻意安排在那个时间点目击。至于第四名目击者应该是意外，所以会有那个碎掉的杯子。"

"试图分散对方的注意力，阻止拍照吗？"苏南已经决定要仔细分析一遍这张照片。

"可能吧。而且从刻意安排被目击这点可以推论，初三的师生作案可能性更大。因为从初三的教室望向教务楼，肯定能很方便地看清楚走廊上有没有人，是否具备了尸体出现时被人目击的条件。"林长清重重拍了一下面前的扶手，"当时在月考的初三学生和监考老师都有不在场的证明，当然，除了那三个经常逃课的家伙，这点你是知道的。"

当天月考有谁没来，警方已跟唐小宁确认过，只有孙天铭、李海和邱实三人。

"嗯，我知道。"苏南嚼着口香糖，"你想否定先前的推论？"

之前，在收监李海和邱实时，林长清和苏南又盘问过戚夕死后，他们都做了些什么。案发那晚，当三人觉得事

章六

情不对后,都本能地选择了逃跑,之后便散开各自回家。孙天铭家住得较远,是打车走的,剩下李海和邱实结伴回家。走至半路上,李海发觉DV丢在美术室了,二人犹豫之后,认为那段录像很关键,选择返回美术室。

返回美术室后,他们发现戚夕不见了,顿时松了一口气,认为戚夕没事。至于没找着DV的事,便没放在心上。之后的周末和周一,三人似乎是受到戚夕那件事的惊吓,彼此没有互相联络,各干各的。邱实怕戚夕会将事情告诉老师,整天躲在房内,李海则继续欣赏他所收藏的情色视频。

"当时有找过窗帘后面吗?"林长清多问了李海和邱实一嘴。

二人皆回答"没有"。

由此,警方内部推断是孙天铭和两人分开后,独自回到美术室,将戚夕的尸体藏在了窗帘后。

"孙天铭不像有那样的脑子。"林长清吐掉口香糖,又往嘴里塞了两颗,"在一个漆黑的夜晚,抱起一具尸体,再藏起来,初中生有这魄力吗?大多数成年人都办不到吧。"

似是听见了林长清的言语,坐在林长清对面二号楼某间教室内的少年停下笔,抬起了头,漆黑如墨的眸子扫向教务楼内的林长清和苏南。

"案子查到这个地步,我已经不敢说我了解学生了。"原本背靠扶手的苏南转过身,看向二号楼各楼层内的学生,有的在认真听讲,有的在打瞌睡,有的在桌底下玩手机。

"确实挺奇怪的,明明我们都曾是初中生,现在却对他们一点都不了解。"林长清似乎在回忆自己上初中时做了些什么,"如果能把现在的我和初中时的我分割开,让我们两个人面对面站着。我估计只能像看个陌生人一样看着初中时的自己。"

林长清和苏南都沉默了一会儿,发现对这个无奈的猜想只能承认。这时,校园内响起下课铃,学生们陆续往教务楼北面走去,那边是食堂。

"尸体转移和消失的方法,你有想过吗?"林长清望着师生从教务楼下经过,去吃午饭。

"转移的方法暂且不论,因为这需要确定销毁或隐藏尸体的时间,我认为有两种可能的时间。第一种就像局里大部分人推测的一样,目击者发现尸体后,孙天铭情急之下,用某种方法将尸体转移出美术室,再进行销毁或隐藏。"

"可能办到吗?"

"很难很难。即便那间美术室没有被人看守,我也觉得根本不可能有人带着一具尸体,旁若无人地走出满是学生的校园,还没留下一点痕迹,连警犬的鼻子都能骗过。"

"第二种猜想呢?杜月吗?"

苏南很习惯林长清的思维能快他一步,他点了点头,"第二种可能是,尸体在被目击前,就已经被转移出了美术室。而周一目击者所见到的戚夕,其实是她姐姐杜月。"

苏南指着二号楼的美术室说:"从这个距离看过去,目

章六

击者是分辨不了戚夕和杜月的。就算我现在拿着目击者看见的画面照片,我也分辨不了这是戚夕还是杜月。"

林长清转头,看向苏南的侧脸,"你倾向哪一种可能?"

苏南没回头,"我倾向第二种,但我依旧会派出整个警队去搜寻孙天铭,现在所有的证据都指向他,只要找到他,一切都会水落石出。"

似乎早料到苏南会如此回答,林长清"嗯"了一声后,继续说道:"如果是杜月假扮成戚夕,我想不通杜月的动机是什么?"

"去跟戚夕父母通知戚夕死讯的那天,她母亲精神状态不好,没有细问。能明确的是,杜月和戚夕是一对双胞胎姐妹,后来发生了什么意外,她们父母抚养不了两个孩子。无奈之下,只能将姐姐戚月让远房亲戚收养,也改姓,成了如今的杜月。"

"两姐妹的分离,肯定会让两人心存芥蒂,尤其是被送走的杜月,有恨意也是常理。但我认为,这点还不足以让杜月去帮助杀害了自己妹妹的真凶。"苏南盯着美术室北面那扇出现尸体的窗户说。

"如果不是帮助呢?"林长清反问苏南。

"你是指……报仇?"

"嗯,从事态发展来看,孙天铭现在是众矢之的,尸体出现之后的结果对他来说非常不利。"

"就像我之前说的,杜月和戚夕很小就分开了,感情估计很淡漠，她不去恨自己的亲生家庭，我都觉得非常了不起，复仇的话更有些谈不上。即使杜月真的有心复仇，她又何必搞这么一出戏，直接去报复不就可以吗？"

苏南又想到什么，接着自己的话补上一句，"况且，让一个活人还是死尸，从一个封闭空间内消失，难度并没有多大区分。"

"嗯，想不通杜月做这一切的动机，第二种推论只能停留在纸面上。而且我也只是从孙天铭的处境推论杜月有参与的嫌疑，并没有证据。"

两人陷入了沉默，都解不开这个死结。

"第二种可能还牵扯到一个问题，周一是杜月假扮了戚夕。那案发时，戚夕的尸体是用什么方式转移的？"许久，林长清才出声。

苏南继续补充林长清的问题，"戚夕体重接近四十公斤，身高和孙天铭几乎相同。不论是孙天铭还是杜月，凭初中生未发育完全的体格，一个人肯定搬动不了尸体。"

"难道真是两人协作，杜月和孙天铭可能合作吗？"林长清喃喃自语。

林长清突然站直身子，开始来回踱步，揉着自己的太阳穴，"也不像是杜月，动机不足，而且两人是如何不留痕迹地搬走尸体也是个问题。"

林长清几乎将所有口香糖都塞进了嘴里，不断否定自己的假设，又建立新的推论，"以被害人当时的出血量，警

| 章六 |

犬翻遍整座学校，除了美术室没找到其他血迹，估计是开车运走的，难道协助者是成年人？"

林长清越思考，结论越复杂。一个成年人加上一个孩子的犯罪组合，两个人能互相信任吗？他摇了摇头，这组合成立的可能性太低。

看着抓耳挠腮的林长清，苏南几乎笑出声来，"老林，这可不像你的风格，你常挂在嘴边的话呢？"

林长清瞄了一眼苏南，脱口而出："同一个人在同一时间只能出现在同一地点？"

"推测能做的有限，怀疑的话，一一验证就好，因为任何人都超脱不了这个规则。这不都是你自个说烂的话吗？"

"去调查杜月的不在场证明？"林长清有些诧异地问苏南。

苏南摊开手心，不置可否。

"你不是要先集中警队的力量找到孙天铭吗？"

"你属于刑警队吗？老林，你的职位好像比我还高吧。"苏南嚼着口香糖吹了个气泡，又吞进嘴里。

苏南不提，林长清都忘了这件事，毕竟现在自己做的事和之前做刑警没任何区别。

"去市医院吧，杜月估计在那儿。"

"市医院？"

"那段录像现在传播得很广，戚夕父亲看到后，心脏病发住院了。戚夕母亲精神不太稳定，是杜月和一个亲戚在陪着。"

"好。"

"对了，叫上许磊，让他散散心，这两天他压力有些太大了。"

林长清点头，跟苏南在校门口分别。在二人都没注意到的楼顶天台，先前坐在教室内的那名少年正目送他们离开。

昨夜落下的雨水还未干，在通往住院楼的路面上留下零星小水坑，让人误以为地面坑洼。一进医院，怪味扑面而来。消毒水，雨天的霉气混合着干燥的暖气，还有来来往往的人身上似乎带点腐臭。清洁工一刻不停地反复在拖地面，转身冷不防有病人咳痰吐在地上。清洁工白他一眼，看到轮椅上的病人终究没说什么，继续打扫。

杜月右手拎着一大袋药品，在电梯内摁下七层的按钮。电梯门打开是一块区域指示牌，呼吸内科的住院病人在走廊尾端，跟九年前的位置变化不大，杜月还算熟悉。

九年前戚夕也曾在此住过院，现在住院的是那人。那人自然是当年两姐妹的父亲，之所以称呼生父为那人，是因为杜月叫不出口。

改口之后再改回来，很难。

病房门口已站着两人，先前在学校见过的两人。较年轻的那名警察看杜月的眼神充满同情，令她有些不太舒服。

"你好，我们又见面了。"发话的是较年长的刑警。

章六

"有事吗？"

"没什么，想来探望一下戚先生，没想到他在休息。"

杜月看向病房内，床头柜上放着一个果盆，是许磊极力要求林长清带来的慰问品。

"那个……你父……戚先生的病，现在怎么样？"提问的是许磊，说话小心翼翼，似乎非常怕触到杜月的伤疤。

听到戚先生这几个字，杜月感到心脏仿佛停顿了一下。

沉默两秒，杜月回应许磊的问题，"心脏病，是天生的，治了很多年了。"

"遗传性心脏病？那你也是？"

"我很幸运，并没有遗传到。"杜月脸上露出庆幸，不过在一旁的林长清看来好似是落寞。

"那戚夕呢？"林长清接过两人的话茬。

过了好一会儿，面前的少女才点点头。

林长清继续追问："那天你去学校，是找你妹妹？"

"算是吧。"

"你不用上课吗？你也是才初三吧。"

"不想上学，怎么，警察连逃课都要管吗？"

"你家住在市北，能告诉我那天你是怎么从市北到市南的吗？"

"乘直达的大巴，问这些干什么？"杜月皱眉，面露不耐烦。

"几点的班车，还有印象吗？"

许磊已经在拉林长清的胳膊，他觉得林长清的问题有些咄咄逼人，林长清则选择无视许磊。

"调查被害人的家属，也是警方的工作之一，请谅解。"

杜月虽然面露疑惑，但依旧接着林长清的话开始回忆，在初中生的生活经验里还没有不在场证明这个概念。

"我记得我错过了九点的那班车，直达的大巴一个小时只有一班，所以我去看了一场电影，之后再坐大巴，应该是十一点那班车吧。"

不用林长清在心里估算，目击尸体的时间是九点五十分，十一点的班车是不可能赶得上的。

"电影票根还在吗？"

"没了，应该是顺手丢到电影院的垃圾桶了。"杜月翻了翻口袋。

林长清"噢"了一声，依旧询问："还记得电影的名字和内容吗？"

杜月点了点头，将电影内容概述了一遍。林长清在随身的笔记本上记下内容关键字和影院地址，随口问了一句："看电影的时候有没有发生什么特别的事，例如有人吵架之类的。"

"没有，有的话我应该有印象。"

林长清没有再追问下去，说了声"抱歉，打扰了"，便和许磊消失在走廊拐角处。

远离医院的味道，奔涌而来的是城市的喧嚣。许磊坐

章六

在警车副驾驶位置上,默默无言。

"怎么?觉得我问得太过分了?"

"林队,我是觉得这个时候,那家人一再被警察打扰,不是很有人情味。"

林长清知道许磊是在同情那一家人,他又想起苏南临行前的嘱托,便没有先发动车子,偏过头看向许磊。

"如果杜月或者她的生父生母,为了戚夕,想向孙天铭报仇的话,你会怎么做?"

许磊沉默半晌,低着头,最后吐出几个字,"我……我会阻止他们。"

"你肯定自己能做到吗?"

"能!"许磊用力点了点头,"报仇只会更伤害他们自己,我会亲手抓住孙天铭,让他受到惩罚。"

"要是戚夕的家属不满意孙天铭受到的惩罚呢?邱实和李海会有什么判罚结果,你是学过刑法的。邱实未满十四周岁,不会承担刑事责任,不会坐牢,孙天铭也是如此。"

许磊又陷入了沉默。

林长清干脆转过身,面对许磊,"我再换一个说法吧,如果你的妹妹被人杀害了,凶手却只用赔钱或软禁几个月,你能接受吗?"

许磊很无力地摇了摇头,一阵惆怅,忽然又看向林长清,"林队,如果是你的话,你会怎么做?"

"我不知道。"模糊不清的答案,林长清却回答得掷地有声，震得许磊一愣。

林长清继续说道："我只知道我是警察，遵从的是法律。法律是个好东西，虽然它看起来冷冰冰的，这不能做，那不能做，可它却一直在保护世上最温暖的东西。法律一如母亲，我们都是它的孩子。孩子都没长大，或者永远长不大，我们只要一直听着母亲的指示就好。或许母亲说的不总是对的，但这对于孩子来说，是最好的方式。"

许磊默默听完，林长清已经发动了警车，驶离医院。

在路上，许磊蹦出一个奇怪的念头。

如果有一个孩子，从来没有被法律这位母亲哺育过呢？

等许磊和林长清走了许久后，杜月在病房内向那位陌生的亲戚拜别，顺手将一张电影票根扔进垃圾桶。

为什么不直接把票根给警方呢？这不是证据吗？这是杜月昨晚问何遇的问题。

何遇的解释是，惹人怀疑，而且也当不了什么证据，票根又不防伪。

杜月靠着走廊的大片白墙，拿出一张写着手机号码的便签，拨通了电话。同样是何遇不让杜月将号码存在手机内，回应也是四个字，惹人怀疑。

电话接通了，杜月轻声说："都按照你说的，跟警察说过了。"

"好。"何遇的声音也很轻，夹杂着风声。

"为什么要我说这些？"

章六

"因为他们需要你的不在场证明。"何遇的声音停顿了一下,环境音都消失了,似乎是捂住了话筒,"我先挂了。"

"等一下!"杜月突然提高音量,惹来护士的侧目,"能告诉我,你为什么要把整件事弄得这么复杂吗?"

"那你又是为什么接受呢?"话筒内传来少年冰冷的声音。

杜月想到了妹妹,那段录像中妹妹挣扎扭曲的面孔。上传录像的时候,她的手指颤抖地敲下回车键,久久抬不起来。

"不能就这么放过孙天铭!"杜月咬着牙回答。

"你不恨我吗?"何遇昨晚就这样问过杜月。

"我恨你为什么要一个人去,为什么不阻止我妹妹,为什么不求救……"杜月用力攥紧手机,屏幕被她捏得嘎吱响,"但是!孙天铭才是最应该受到惩罚的人!"

上传网络的录像其实被何遇剪辑掉了一部分,杜月看过拍到何遇的那部分。

"那你决定要怎么做了吗?"

杜月觉得喉咙发干,好似在灼烧,"我要让他承受跟我妹妹同等的痛苦,他会求着我去救他!"

"然后呢?"

"我会站在一边,看着他死去。"

"不错的决定。"何遇好似满意这个回答,"不过我还是觉得奇怪,明明杀死你妹妹的人是我,不想报复我吗?"

"没什么奇怪的,那天晚上,我妹妹在被你杀死前就死了。"杜月放松手掌,向长长的走廊尽头看去,偶尔有背影很像妹妹的人走过。

"真是有趣的回答。"

杜月听见了电话那头何遇的轻笑声,差点被激怒,但忍了下来。她想起被删减掉的录像中何遇反复问的那个问题——她为什么一定要自杀呢?

"你做这些,是想知道我妹妹为什么要自杀?"杜月想继续追问,话筒内却传出忙音。

何遇挂断电话,将手机放回口袋。从学校二号楼天台往下望,能看见吃完午餐正在散步的同学。而在何遇一旁,有一名跟何遇长相相同的少年正坐在排风系统的管道上。

少年左手像颠球一般,颠着午餐的苹果。

"真搞不懂你,怎么老爱来天台,耍帅嘛。"少年笑嘻嘻地调侃何遇。

"你可真啰唆。"何遇瞥了他一眼,应付少年着实令他感到头疼。

少年无视何遇的嘲讽,面朝远方,学着何遇摆出一脸冷淡的神情,貌似很意味深长地说道:"今天的风儿真是喧嚣啊……"

何遇一阵无语,少年却不依不饶地说:"这世界要是没有爱情,它在我们心中还会有什么意义!这就如一盏没有亮光的走马灯……"

章六

"你从哪儿听来的?"

"不是你最近总爱看这样的书吗,我不想记下来都不行啊。"

"哦,是歌德说的。"何遇摸了摸下巴。

少年又想继续故作高深地胡言乱语,何遇想打断他,却发现还不知道少年的名字。

"你没有名字吗?"

少年好像也是第一次意识到这个问题,摸着后脑勺说:"对哦,叫什么好呢?要帅气一点……嗯……怪盗基德,你觉得怎么样?"

"很幼稚。"

"莫里亚蒂?"

"太长。"

"汉尼拔?"

"……"

"都不好啊,堕落天使路西法怎么样?帅不帅?"

"十三,就叫你这个吧。"

"我去,这好像是骂人的话吧。"

"反正能看见你的人就我一个,我叫着顺口就行。"

十三貌似对此很不买账,偏过头不看何遇,啃起了手上的苹果。

"十三,你听到杜月说的那句话了吗?"

十三也不等苹果咽下去,唾沫星子夹着果肉横飞,

二次谋杀

"哪句?"

"戚夕在我杀死她之前就死了。"

"这不是扯淡嘛,明明是你做的。"

"你相信灵魂的存在吗?"何遇突然问道。

十三一时摸不着头脑,只能骂了一句"有屁快放"。

"杜月的意思应该是,构成戚夕这个人的最重要的那部分早在之前就死了,那部分很多人都称它为灵魂。"

"那你可真倒霉,有杀心的人没杀人,没有杀心的人却杀了人,那三个走了狗屎运的家伙。"十三啃个苹果,苹果皮吐得满地都是,"不过真是这样的话,估计咱俩都没有灵魂。"

"你的意思是,我是个死人?"

"呸呸呸。"十三连吐几口唾沫,"你有病吧,没事咒自己,我可是也会一起跟着遭殃的啊!"

"怕死?"

"这倒不是,只是还没玩够本。"十三从排风管道上跳下来,"要我说,你也别搞那么复杂的谋杀了,我来帮你解决那三个家伙吧,割喉、毒杀、窒息,你来挑我来做,怎样?"

"不需要。"何遇回答得毫不犹豫,"谋杀灵魂比较有趣。"

"你能不能说人话,帮那小女人不嫌麻烦啊。"

"走吧,要上课了。"何遇离开天台,作势准备下楼。

章六

"不在这儿看了？"

"嗯，今天不会有人发现谜底的。"何遇站在天台边缘，自上而下指着教务楼的外沿走廊，"只有那四个目击者，站在目击的位置，才能发现重要的区别。"

何遇已经走下楼梯，十三慌忙啃掉剩下的苹果，快步跟上，融入何遇的背影。蹲守在何遇内心的一个小角落，十三想起自己念过的歌德那句话，他也提起过灵魂。

灵魂，好像是被歌德比作爱吧。

章七

两具年轻的肉体在床上缠绵,灯光朦胧,衬得女人近乎赤裸的躯体更加曼妙。男人已急不可耐,手掌顺着女人背部的曲线往下抚摸,将最后一层防御除去。女人抓着枕头,一声娇哼,着实令人头皮酥麻。男人翻身,将女人强压在身下,准备挺入。

突然,女人从枕头下摸出一把匕首,瞬间将男人割喉。血,浸没了女人的面庞。

林长清打了个哈气,被人剧透之后再看电影,果然非常无聊。女主角又是刚出道,在刑警看来,演得有些过于凶狠了。

电影刚上映三天,上座率挺高,除了林长清外,其余观众看得都很入神。大约十分钟后,放映厅内终于亮起了白灯,林长清伸个懒腰,看了看手表。电影播放了将近一

| 章七 |

个半小时，内容也跟杜月所述相差无几。

当然，这并不能作为杜月的不在场证明。新上映的电影，想看的话，等周一目击者发现戚夕的尸体后，杜月可以随时找个电影院再看一遍。

林长清从放映厅走至入口，亮了一下衣服里的警徽，说："周一是你在这儿检票吗？"

女人盯着林长清收回的警徽，茫然地点了点头。

林长清又取出一张照片说："周一上午你见过这个女孩吗？"

其实林长清纯粹是想撞撞运气，每天来看电影的人这么多，检票人员哪儿记得住。不过，工作人员面露思索。

"怎么？有印象？"

"嗯，这女孩取的 3D 眼镜坏了，跟我来换，我有点印象。"

"嗯？我怎么看的不是 3D？"

"这电影有两个版本，2D 和 3D 都有。"女人像看古董一样看着林长清。

"看仔细点，你真的见过她？"林长清只能尴尬地笑了笑，直接将照片放到女人面前。

"嗯，这电影那天是第一天首映，来看电影的小孩都是成群结队的，只有这个小姑娘是一个人。除了没穿校服，应该就是她。"

林长清手上的照片其实是戚夕的，两姐妹长得几乎一模一样，用一张照片就可以。现在能肯定，杜月来过这家电影院。

"她看的是上午几点的场次？"

"周一上午只有一场，九点入场。"女人翻开一本册子，用食指从上往下扫过。

电影九点开场，放映完是十点半左右，不论如何快马加鞭，杜月都不可能在九点五十分前赶到戚夕学校。

"你们电影院有监控吗？"

女人指向取票柜台上方的天花板，"那边有两个吧。"

林长清顺着女人的手指看去，两个监控探头对着的角度都是电影院的收银柜台，对调查没什么意义。

跟工作人员道完谢后，林长清走向之前上楼的电梯，工作人员急忙拉住他。

"那个电梯只上不下，要走里面的通道。"

"在放映厅内？"

"三号和四号放映厅的中间，看完电影的观众都是这样离开的。"

林长清遵照工作人员的指示，离开电影院。走至底楼后，他抬头望着盘旋而上的楼梯。

他想，如果杜月检完票，没看电影，直接离开的话，也不会有人发觉吧。从这里直接打车到戚夕学校只需要三十分钟，九点检完票的杜月，完全有时间在目击者发现戚夕尸体前，赶至学校。

章七

寒风吹过,冷气直往林长清衣领里钻,前两天下过雨后,气温低了很多。林长清钻进车内,既然已到市北,他还打算去拜访一人。驱车来到一片安静的住宅区,放缓车速,林长清跟着手机导航来到目的地附近。

开着警车到别人家拜访不太好,太张扬,林长清一般都会将车停在稍远一点的地方。

林长清摁下门铃,能听到屋内有人走过来开门。

"你好,我昨天跟你通过电话。"

"是林警官吧,快请进。"

林长清步入屋内,就着茶几坐下,一名男人坐在他斜对面。

"林警官,不知道有什么能帮到你的。"

"不用这么客气,我们年纪差不多,直接叫我老林吧。"

男人貌似习惯待人很客气,虽然不再一口一个警官,但先生二字还是挂在嘴边。

"林先生,我家杜月是惹了什么麻烦吗?"

"没有,戚夕的事想必你也听说了,警方要对家属进行记录,这是例行工作,请配合一下。"

"出了这种事,应该的。"男人匆忙点头,叹了口气说。

林长清取出一只录音笔,当着男人的面打开。

"你和杜月的关系是?"林长清按流程开始询问。

男人见林长清的架势,便开始陈述,"我是杜月的爸爸。"

林长清当然明白他指的是养父,也没必要说破,"杜月上周五晚上是和你在一起吗？"

"是的，因为我爱人的关系，她去内蒙古出差，我们父女刚好周末去那边度个假，当是难得的旅行。"

"什么时候回来的？"

"周日晚上。"

那案发时，可以确定杜月不在场。林长清心想。

"周一呢？杜月去上学了吗？"

"这个……应该是。"

"能详细介绍一下杜月的学习和生活状况吗？"

"杜月挺乖的，学习也挺好……"男人说话支支吾吾，描述很笼统。

"你跟女儿还是不太……"林长清一时不知该用什么词合适，"不太……亲近吗？"

似乎点到了男人的隐痛处，男人掏出烟盒，"抽烟吗？"

林长清没有理由拒绝，男人吐出一个漂亮的烟圈，"那孩子，怎么说呢。对我和我妻子都很尊敬，也不像其他孩子那样爱玩，平常就爱把自己关在房间里。我其实很久没和她好好聊过天了，有时一天都见不到一面，我都想渴求她跟我发发脾气，吵一架，我还舒坦些。"

"距离感吧。"

男人似乎很认同林长清的总结，"我曾经还有过一个偏激的想法，要是领养杜月的时候，她小上两三岁，还没开始记事，那该多好啊。"

章七

"你们刚见面的时候,挺难相处吧。"

"嗯,一开始还好,孩子小,应该是没想明白发生了什么。后来又哭又闹,还逃跑过两三次,有一次跑回了戚夕住院的地方。"

从市北到市南,开车要三十分钟,对于一个儿童来说,就跟北京和上海的距离差不多吧。

"被带回来后,她好像明白,事情已经被人决定了,自己是改变不了的。她沉默寡言的个性就一直持续到现在。"男人继续说着。

"跟戚夕呢,两家人之后就再也没见过面吗?"

"之后再也没见过,是我妻子的意思,她跟戚夕妈妈只是表姐妹,本来就算不上熟悉。杜月过继到我家后,两家人都有意疏离。"

男人有一句没一句地说着,这次杜月能去见生父生母似乎还是男人同意的,他妻子其实不愿意。

林长清驱车返回市南的公安局,顺路行驶到一栋漂亮的公寓楼下。楼内的保安还是一如既往地严谨,盯着他看了好一会儿,估计是看他前两天来过,否则不会让他入内。

林长清没有摁门铃,拜访熟人他还是更习惯敲门。何遇似乎早就等在门后,将林长清那晚落下的大衣递给他,林长清注意到屋内没有开暖气。

"要出门?"林长清一边穿大衣一边问何遇。

"嗯,要出去一趟。"

"我送你吧。"

"不用麻烦了,离这儿很近,可以走过去。"似乎生怕耽误林长清的工作,何遇补上一句,"林叔你工作应该很忙吧。"

"没事,我开车送你过去,耽误不了几分钟。"

何遇只能应下,坐上许久未坐过的警车。母亲去世后,何遇被林长清照顾过一段时间,那时何遇还曾误以为林长清是自己的父亲。

道路两旁的景物迅速从后视镜上消失,车内放着民谣,何遇知道这是林长清的爱好。林长清曾经和儿时的何遇断断续续地聊过,说等他退休以后,就去西藏找个小村子终老。

"就走这条道吗?"林长清问。

"嗯。"

"这好像是去戚夕家的方向吧。"

"今天老师组织同学去探望戚夕的父母。"何遇脸颊一阵紧绷。

这就是何遇不希望林长清跟去的原因,但愿杜月不在。

"唉,没有遗体的话,连葬礼都无法举办……"

提起葬礼后,林长清似乎想起什么,没有继续往下说。车内陷入一阵沉默,只有缥缈的音乐回响。

"你妈的事,你应该都猜到了吧。"林长清突然开口。

"我已经不是小孩子了。"何遇语气平淡,靠在座椅上,

章七

"妈妈应该去世了。"

"不好奇吗?"

"结果都定了,好奇也改变不了什么。"

"那就好,事情都过去了,没用的事别多想。"林长清腾出右手,摸了摸何遇的头,"多听你姑姑的话,有事就给我打电话,不用客气的。"

感受着林长清大手的温度,有那么一瞬间,何遇想将所有的事情都吐露给林长清。何遇很奇怪自己居然有这样的念头出现。

敢告诉他?你动脑子好好想想,他是你林叔,更是警察!演戏别演过了,蠢货白痴……当何遇略微犹豫时,十三的声音就会提醒他。

林长清似乎觉得跟初中生聊这个话题过于沉重了,故意岔开话。

"嘿嘿,有女朋友了吗?"林长清笑嘻嘻瞄了眼何遇。

"林叔你别开玩笑了。"

"没事,跟林叔说说,有没有关系好的女同学?"

"没有。"何遇见林长清一脸不相信的表情,补充道,"我跟那些同学不一样的。"

"早恋嘛,我倒觉得没什么,现在孩子都早熟。趁早找对象也好,别等老了,还跟你林叔我一样。"

"我倒觉得一个人挺好的,自由自在,什么都不用想。"

"那是因为你还没到我这岁数。"

……

　　在欢乐的气氛中，警车停在戚夕家楼下。何遇有点儿不安，他已经从警车内看到了杜月，无法预料杜月看到两人会作何反应。自己在这个时候出现已经够异常了，还有个刑警做同伴。何遇真想掐死邀请自己的教导主任，要不是怕突然中断自己对戚夕应有的友谊惹人怀疑，他根本不需要来此演戏。

　　林长清已经下车，没有直接离开的意思，何遇只好跟上，现在只能祈祷杜月表现的足够镇静。

　　"怎么又是你。"杜月对林长清露出不耐烦，接着瞥向何遇。霎时，她的脸上浮现出惊讶和困惑的神情。

　　"他有什么不对吗？"林长清似乎察觉到她的异样，问道。

　　"啊……没有。"杜月脸上挂着不自然的表情，连忙摇头，"只是奇怪警车上怎么坐着跟我年纪差不多的人……"

　　"他是戚夕的同学，我顺路送他过来。"

　　"林叔，要不先上去吧。"何遇打断两人的对话，他不能让林长清发现自己和杜月是熟人。

　　林长清看向何遇，说了声"好"。杜月趁机向反方向走去，也不管是否显得自然。林长清望着她走远的背影。

　　何遇下意识地扫了一眼杜月，林长清突然看向他。何遇能感觉到林长清的眼神霎时间锐利起来。

　　没有犹豫，何遇一直望着杜月离开自己的视野，才漫

章七

不经心地回过头。

"你认识她吗?"林长清问。

"和戚夕长得很像,是她姐姐吧。"何遇摇了摇头,说道。

"嗯,真亏你能区分出来,我第一次见她可是认错了。"

"在学校听说的,戚夕还有个姐姐。"

林长清露出"是这样啊"的表情。两人并排走上楼梯,戚夕家在七楼,是老小区,没有电梯可乘。

没走两步,林长清出声:"上次月考的成绩出来了吧,考得怎么样?"

"还行,跟预计的差不多。"

何遇边回答边想,这是他第二次问考试,又是要不在场证明?第一次可以解释为关心他的生活状况,那这一次呢?如若真是这样,则表示林叔确实对我产生了怀疑。

林长清比何遇高一个头,楼梯间略窄,何遇看不到林长清的表情。

"如果碰到做不出的题目可以找我,怎么说我也算是本科毕业的。"林长清侧过身说道。

何遇没有从他脸上看到异常,"嗯……我的数学还挺差的,这次考试没及格。"

林长清摸了摸下巴,说道:"我们局里的刑警队长数学不错,有空你就来公安局,我让他给你辅导辅导。"

何遇连忙挥手,"不用不用,戚夕出事后,警察不是都很忙嘛。"

有居民从上往下走,林长清和何遇靠边站定。何遇看着一名少妇抱着孩童擦肩而过,她右手抱着孩子,左手还拎着一辆遥控小汽车。

林长清身材比较高大,少妇侧着身才能通过,遥控玩具却不小心掉落在地。林长清帮着捡起,少妇道了声谢谢。

林长清率先继续朝上走,"你知不知道你小时候很喜欢玩遥控赛车。"

何遇茫然地看向林长清,等着他继续往下说。

"我记得那个时候,你说你很喜欢这种操控的感觉。"

何遇总觉得林长清的话有言外之意,"小孩子都喜欢玩具车吧。"

"不,你那个时候说得非常清楚,你喜欢的是操控的感觉,跟是不是玩具车没有关系。"林长清的语气很肯定。

"我记不清了。"

"也是,那时候你比刚刚那个孩子还小。咋样,现在车技有没有进步?"

"林叔你想太多了,我哪儿会开车啊,犯法的吧!"

"但我看到你家墙上挂着一张你开越野车的照片。"

何遇心想,这点小事也过目不忘吗?

"噢……那个啊,是去草原旅游的时候拍的,我也就瞎开两下,又不会撞到人。"

"哈哈,也是,大草原那种地方,想撞到人都很难。"

章七

话里话外,何遇觉得林长清是在探寻他会不会开车,警方的注意力已经关注到了尸体转移的方法吗?

走至六楼,林长清停下脚步,"我就不上去了,你有空就来局里,我派人辅导你学习。"

没等何遇婉言拒绝,林长清径直下楼。何遇靠着扶手,透过阶梯间的缝隙,看着林长清。

何遇面色阴沉,本来就不打算进去,为何要跟我上楼?

章八

"就这样放他走了吗?"

许磊站在百叶窗前,看着邱实慢腾腾地走出公安局。

苏南站在许磊的身后,说道:"邱实不是主谋,未满十四岁,又有被胁迫的成分在,只会承担民事责任。"

"我觉得我很对不起戚夕的家人。"

"会让他受到应得惩罚的。"

"会吗?"

许磊茫然地转过身,像丢了魂似的。在他身后的白墙上贴着公安局的宣传口号——依法治国。

戚夕的母亲微笑着,满面春风地道:"是戚夕的同学吧,来来来,快进来。"

何遇站在戚夕家门口,一下子不知该作何反应,怀疑自己看错了,尴尬地笑了笑。

章八

"今天这么多人啊，夕夕呢？这孩子，又跑哪儿去了。"戚夕的母亲站在门口张望。

她嗔怪着，好像女儿是贪玩不回家的样子，没有死亡，没有鲜血，这几天的手忙脚乱都只是南柯一梦。

怎么回事？失去女儿的母亲应该是这种反应吗？不对吧。何遇想。

他没什么话好回答，选择先进屋，感觉戚夕母亲的精神状态不太对劲。

戚夕的母亲却还在喋喋不休："你看这天气已经冷了，你就当自己家先玩，我去给她送件衣服。"

满屋子的老师同学面面相觑，原先准备好的宽慰话语根本说不出口，陷入僵局。

戚夕母亲走进左边的卧室，门虚掩着，何遇从门缝瞧见卧室内整理得很整齐。粉色的窗帘、床单和书桌，是戚夕的卧室，完全看不出已经几天没住人，地上还散落着两件换下的睡衣。

过家家酒？假装戚夕还活着吗？何遇很诧异地看着戚夕母亲的背影，真是不能理解。

她翻箱倒柜一阵，出来时手中拿了件羽绒服，笑说："你们坐，我去去就回。"

"阿姨，戚夕她已经……"一个女同学忍不住喊了出来。

坐在她旁边的唐小宁忙扯住她袖子。

戚夕母亲刹住出门的腿脚，回头问："夕夕怎么了？"

"已经,已经……"女生嗫嚅了半晌。

戚夕母亲突然冲过来抓住她胳膊,女生被弄得生疼,"啊"了一声。

戚夕母亲恍然未觉:"她是不是出事了啊,我就说这孩子平时马大哈,也不知道照顾自己,万一碰到坏人,路上车又多,这孩子老实啊……"她缓缓松开了女生,搓着手在房间里踱步,不时痛苦地抱头,完全沉浸在自己的世界,"她从小就身体不好,心脏有毛病,动不动住院,四岁的时候……"

"阿姨,戚夕说她要去遛狗,让我和你讲一下。"眼见其他人都吓得瞠目结舌,何遇打破沉默。

既然如此,就陪你演下去瞧瞧吧。

"哦,哦。"戚夕母亲仿佛一下三魂七魄回来了,笑道,"我这就去做饭,你们多坐会儿,一块吃,夕夕总说我做的饭好吃,你们也尝尝。"

众人不敢贸然离去,更不敢再说出什么不恰当的话,只是附和着说戚夕在外面玩,很快回来的说辞。你一言我一语地扮演着幸福的同窗好友,一时其乐融融,却透着古怪。

何遇不再发一言,十三倒是骂了一句"傻子"。

虽然早就知道人是不习惯将自己内心的情感全部吐露出来的,但每个人都心知肚明,却不约而同说着谎话的情况还真少见。

章八

够蠢的，直接告诉她不就完了嘛！

挺有趣的。

在脑内和十三的对话，已成为何遇日常的一部分。

就在这样欢乐而古怪的气氛中，一行人告别了戚夕的妈妈，杜月始终未回来。何遇想跟众人分别，他怀疑林长清可能并未走远，甚至还在监视着他。这时，何遇身后响起议论声。

"他怎么来了？"

"不是被抓起来了嘛。"

何遇转过身，瞳孔骤然收缩。

邱实正一脸惊慌地站在一群人身后。

"他怎么在这儿？"同学议论的，也是何遇想问的。更让何遇更为担忧的是，戚夕死的那晚，邱实可能在校门外看见了自己。

李海和邱实被警方逮捕的事早就在校园内传开了，有学生正向唐小宁询问原因。

唐小宁也不看邱实，皱着眉头解释："邱实不会承担刑事责任，警察说不会关押他。"

"连牢都不用坐？"

"会罚钱的，学校也会给他处分。"

"那有什么用……"问话的学生咕哝道。

唐小宁也很无奈，她以为自己再也见不到邱实了，谁料警方却给了她这样的回复。她扫了两眼邱实，邱实掉头就走。

师生们七嘴八舌地开始离开，只是不一会儿，邱实又出现在师生们前方不远处，小区只有一个门口，怎么绕都要往这个方向走。师生们议论个不停，邱实似乎听见了，脚下加急，好似想离他们远点。

很快来至小区门口，只开了扇边门，仅容一人通行。邱实正要出门，一位胖胖的男生将他一挤先出去了。他顺势往边上一让，七八位师生便挨个从他身边走过，也没人看他一眼。拖拖拉拉约有一分钟，邱实只是站在旁边，低着头，踢着门旁的小石头。

待他抬起头来，长龙已是往左侧走了。邱实想了想，走了右边。

苏南一到局里，就走向林长清的办公室，不过里面没人，他就在林长清的办公桌前坐下。

办公桌上放着几份考卷，已被批阅过，语数英都有。苏南当然不觉得这是林长清的，他知道林长清都没结婚，更不可能有孩子。

苏南推了下眼镜，扫向考卷的信息栏——三年二班，何遇。

这时，林长清推门进来，手里拿着一份资料袋。他看到苏南手里拿着考卷，神情一怔。

"这就是你以前一直念叨着的那个孩子？"先提问的

章八

是苏南。

"嗯，想看看他学习成绩，你数学不是挺好吗，有空你给他补习补习。"林长清从苏南手里拿过考卷。

"想知道成绩打个电话不就可以了，干吗还把考卷带回来。"苏南丝毫不掩饰自己的怀疑，"他跟戚夕是一所中学？"

林长清转过身，没接茬，等于是默认了。

"你怀疑他有参与这个案子？"苏南知道林长清一定是发现了疑点，才会去调查，林长清不是无事生非的人。

"不用再查了，尸体被目击的时候，他有不在场证明，考卷就是证据。"林长清承认了自己的怀疑。

"那案发的时候呢？戚夕被杀的那天晚上，他在哪儿，你查了吗？"苏南站起身，有些咄咄逼人。

"何遇不是那样的孩子。"林长清叹了口气，也不看苏南，"我了解他……"

"老林，查案的时候不能代入私人感情，这句话可是你告诉我的。"苏南摘下眼镜，揉了揉眼窝。

"你别管了。"林长清将考卷折起，塞进抽屉最底下，"只有这件事，我拜托你先别急着查，等我确定了再说。"

林长清一副送客的模样，苏南也不打算继续纠缠下去，关门的声音有些重。

苏南离开后，林长清从资料袋内抽出一份笔迹鉴定报告。报告最底下，有一行字——考卷确认是何遇的字迹。

| 二次谋杀 |

　　林长清盯着这行字怔怔出神。那天，何遇在戚夕家楼底下看见邱实的神情，在林长清脑海中挥之不去。

　　沿着二号楼的楼梯往上，杜月爬了好一会儿，直到再也看不到下楼的学生，她推开了通往天台的门。
　　那名少年果然站在那里，背对着她。
　　深吸一口气，杜月向他站的方向靠近。不知为何，杜月觉得除了少年外，这里还有其他人存在。
　　她绕到何遇身侧，看到他正捧着一本书阅读，书名只瞧见前三个字——基督山。
　　"没想到你还有这兴趣。"
　　何遇合上小说，不过没转过身，依旧望着教务楼，"阅读挺有趣的，不管是小说、绘画，还是电影，能透过表面，看到人内心的想法。"
　　"好让你在别人面前，演得更像个人吗？"
　　"哈哈哈，就是这样。"
　　杜月本想嘲讽何遇，没想到何遇却笑了起来。杜月头一次发觉，那张冰冷的脸居然会笑。
　　"不累吗？天天在别人面前演戏。"
　　"习惯了，再说在演戏的人又不止我一个。"何遇转头看向她，杜月被他看得后背发凉，"你不也是吗？"
　　"你胡说些什么！"杜月仿佛觉得自己的遮羞布被人扯下，又冲着何遇吼了一句，"你真是有病！"

章八

何遇也不生气,从杜月看不到的另一侧栏杆处,拿出一个苹果啃了起来。从杜月这个角度看过去,何遇的模样很古怪,半张脸面色冷淡,另外半张脸却吧唧吧唧地啃着苹果,好似硬是将两张面孔摁在了一起。

"你今天过来就是为了说这些?"

杜月觉得这个问题是何遇的左边脸说出来的,他的右边脸依旧啃着苹果。

"昨天那个警察是怎么回事?"这才是杜月来这儿的目的。

"很久以前就认识了,没什么大惊小怪的。"何遇的语气仿佛自己置身事外。

"他去找过我爸爸了,真的没有问题吗?"

"养父还是生父?"

"你……"一下子被何遇毫不委婉地揭开伤疤,杜月顿时哑口无言。

"我有说错什么吗?"

看着少年面无表情的侧脸,杜月平复下心情,尽量平淡地说道:"都找过。"

每当有人谈起自身的遭遇,杜月通常瞧见的都是同情和扭捏。而面对何遇如此直接的谈话,她有些不适应,却莫名感到舒坦。

"还记得我让你周一来找我时,要你在学校里刻意和人聊两句关于电影的话题吗?"

"嗯，你不是让我先别跟警察说这件事吗？"

"现在可以说了，那个人会替你作证的。"

"没有必要，我不在乎这些警察要做些什么……我只要……"

杜月想说的是"我只要找到孙天铭"，却被何遇打断了。

"时间。"

"什么？"

"我需要时间。"何遇盯着杜月的眼睛，"按我说的做，我会告诉你孙天铭在哪儿？"

"你知道他在哪儿？"杜月瞪大双眼，抓住何遇的手臂。

"在恰当的时间，我会告诉你的。"何遇很自然地推开了过分靠近的杜月。

杜月皱眉，她知道凭自己撬不开何遇的嘴。

"谢谢你。"何遇突然开口道。

杜月目瞪口呆，不敢置信何遇居然会感谢她。

"怎么了，有人帮自己做了本不需要做的事，不是该表示感谢吗？"何遇敲了两下放在围栏上的书籍。

他这是在学习吗？学习如何做一个正常的人？杜月盯着那本书。

"你现在可以去找那名帮你作证的同学了，加深一下对方的印象，她这时应该在七楼，正准备上课。"何遇将果核远远地扔向楼下的树丛中，"我有我要去解决的麻烦。"

章八

　　杜月不知其所云。何遇径直走了，杜月站到他原本站的位置上，朝前方的教务楼看去，发觉对面某层的走廊上站着一人，正凝视着二号楼的某间教室。

　　她好像是教导主任吧？在看哪里？美术室？

章九

距离戚夕的尸体被人发现已过去七天,也即戚夕身亡已过去九天,李海被判五年零六个月,邱实被判民事赔偿五十五万。

孙天铭依旧在逃。警方最终确定孙天铭在戚夕尸体被发现的周一上午,就已逃逸。换言之,警方刚到戚夕学校调查时,孙天铭就已离开本市。

为何孙天铭能如此快速地反应,警方目前还没有线索。

做完早操之后,中学各个教室内响起琅琅的读书声,是惯例的早读时间。不过何遇并不是其中之一,他早操做到一半,就被教导主任带到了接待室。

面前坐着一名男人,何遇先前曾远远地见过,男人经常和林长清一起行动。

"你好,是三年二班的何遇吧。"苏南将一杯茶水递到

章九

何遇面前。

"嗯,有什么事吗?"

"那我就开门见山地说了,十二月九日晚十点至十二月十日凌晨五点,你在哪里,在做什么?"苏南盯着他的眼睛,"你知道我这么问的意思。"

从一踏进接待室,见到端坐着的苏南,何遇就已明白现在矛头对准的是自己。甚至苏南关注的重点都落在了案发时,只是这是为什么呢?

林长清的面孔在何遇脑中浮现。

既然如此,何遇就要小心应对。

"我想你指的应该是那句定理吧,同一个人在同一时间只能出现在同一地点。"这句话从何遇嘴里吐出,令苏南感到一阵诧异,不过他知道林长清和何遇的关系,也就释然了。

"是老林跟你说过这句话吧?"

"林叔以前跟我常提,说不论罪犯如何狡猾,都逃不出这条定理。"

苏南眉头一挑,说道:"所以你知道我现在是把你列为嫌疑人,不生气?"

"警方不是会考虑各种可能吗,然后逐一调查不在场证明,我对这没什么意见。"

"这也是老林以前告诉你的?"

"以前林叔会和我玩侦探游戏,都是他教我的。"

"请问你那晚在哪里,做了什么?"苏南打开随身的笔记本。

"那天是星期五,放学比较早,我是直接回的家。在家看了部电影,之后就睡了。"

"一直睡到第二天?"

"应该是。"何遇故意含糊其辞,想试探苏南调查到什么程度。

"你好像出过门吧?"

"嗯……你这么说的话,好像确实出过门,应该是吃夜宵。"

"去了哪儿?"

"便利店吧,买了关东煮和面包之类的东西。"

对于何遇的回答,苏南一直很平静,何遇怀疑他在来这儿之前就调查清楚了。

"去趟便利店要花这么久吗?"

查过便利店和公寓楼的监控录像了吧!何遇心想。

"关东煮味道太大了,不能在家里吃,姑姑回来会骂我的。"

苏南点了点头,开始在笔记本上记录何遇的回答。何遇却觉得苏南的心神完全不在笔记本上,而是在思考下一步的提问。

"除了便利店的员工,你那晚还见过什么人吗?"

"没了。"何遇摊开掌心,说道。

章九

"你不觉得如果是侦探游戏的话,你的不在场证明根本不成立吗?"

那你希望我说出什么来,编一个证据确凿的不在场证明吗?太假了吧。虽然是这么想,何遇嘴上却说:"没办法,那晚除了这些,我就在睡觉。"

苏南没有再针对下去,换了个话题:"你跟戚夕关系很好吧,她被人偷拍的照片在她死前就在学校里流传了,你怎么没跟老师说?"

"我跟她关系没那么好,而且看的人又不止我一个。"

"怎么,你跟戚夕不是走得很近吗,看中她哪儿了?戚夕死了,你很惋惜,这个时候忽然发现戚夕还有一个双胞胎姐姐,很兴奋吧。"苏南笑眯眯看着何遇,很露骨地表达着对何遇的不相信。

你以为我会中你的激将法吗?何遇苦笑着想。

"我跟戚夕是朋友,只认识半个月,没有那么亲近,犯不着为她惹恼孙天铭那些无赖。杜月的话,我跟她几乎没说过话,昨天去探望戚夕妈妈的时候,才第一次见到她。至于吸引,哪个男人都会被漂亮女生吸引,何况我是处在青春期的初中生。"

何遇说话时,苏南一直盯着他,以那种全神贯注、坚信说谎的罪犯一定会露出马脚的目光紧盯着何遇。

"没想到现在的孩子都这么早熟。"苏南叹了口气,貌似放弃了。

"那是因为你们总是在用大人的眼光看待我们。"

"什么？"

"你不觉得成年人和未成年人根本就像是两个物种吗？"

苏南记得林长清也说过类似的话——如果能把现在的我和初中时的我分割开，让我们两个人面对面站着。我估计只能像看个陌生人一样看着初中时的自己。

"嗯，说来听听。"

"既然是两个完全不同的物种，却非要孩子去接受大人的那套观点，你不觉得很嘲讽吗？例如说必须学习，例如说遵守法律……"

苏南不置可否。

"你想说的应该是，你和其他正常人的区分吧？"十三问何遇。

何遇回答说"是"。

"我能回去上课吗？"上课铃声响起，何遇看向墙上的挂钟，问道。

苏南挥了挥手，何遇起身离开座位。没等何遇跨出接待室，苏南突然幽幽说道："如果老林有儿子的话，估计和你很像。"

何遇回过头，对苏南报以微笑，"可能吧。"

走廊上，何遇透过玻璃窗看着苏南的背影。苏南正掏出一支烟，慢腾腾地抽着，也不知道在想什么。

何遇盘算着苏南这次来询问他不在场证明的用意，

| 章九 |

应该有什么根据才把矛头对准他。是什么？林长清的指示吗？暂且不管也没关系，就这场对话来看，警方应该还没发现关键点。仅凭疑心是奈何不了我的，案发时没有不在场证明又如何。晚上在睡觉，没有不在场证明的人多得是。

只是林叔到底觉察到了什么？又会揭露到什么地步呢？

接近正午，光线铺满整间卧室，似是感受到阳光的尖锐，蜷缩在床褥中的少年将被子往上拉了拉。放置在床侧的漫画书因为抖动而掉落在地板上，发出砰砰两声。少年不想理会这些，又往被子中钻了钻，只露出一个头顶。

门突然被打开，一个中年男人带着怒意，隔着被子踹了邱实一脚，说道："起来！小畜生，你要睡到什么时候！"

床褥被猛地拉开，邱实揉着双眼，看着站在床旁破口大骂的男人，自己那所谓的父亲。

"现在知道丢脸了！像缩头乌龟一样就知道睡睡睡。"男人不断用手指戳着邱实脑门，"你他妈不是很有能耐吗，现在哑巴了？你不要脸，老子还要脸！"

似乎还不消气，男人捡起床上的一本漫画，"就知道看这些破玩意，老子让你看，让你再看！"

漫画书被男人扯碎，摔在墙上。一纸碎页掉落在地板上,上面是蝙蝠侠的半张面孔,旁边的空白处还有邱实照着临摹的痕迹。

"大白天,你吵什么吵!儿子这样,你难道没有责任!成天就知道打牌!"邱实的母亲冲进屋内,手里还提着炒菜用的锅铲。

"我训儿子,你凑什么热闹!"

"我是他妈!钱都赔了!你还老提干什么。"

"捅这么大娄子,我要让这小子长点记性!"

"要不是你成天不着家不管儿子,能这样吗?!出事了才来装样子。"

"你呢,就知道护着,儿子都是被你惯坏的!"

又是陈词滥调,邱实早已不过脑,只是嚣叫震天吵得他头疼。

"烦不烦啊,别吵了。"邱实心中如念咒般不断默念,一不小心真说出口来。

"你小子有没有良心啊,还不是为了你吵,白眼狼!"他妈妈总是这样无差别开火,邱实不禁深悔,只盼着他爸别接茬才好。

"下流事都干出来了,你还指望他有良心,就是欠揍!"

果然不出他所料。邱实恨死自己这时候说话了,缩着脑袋向墙角躲。

"你干吗你干吗,有本事你先打死我!"他妈妈伸头往他爸怀里撞,他爸虽没真动手,但免不得和她擒手臂,拢

章九

肩头地推搡起来，一时乱作一团。

邱实趁他们不妨，逃出门去。父母自然是觉察了，他关门的瞬间，还听见爸妈在后面喊："有本事就别回来！"

这时候他们又统一战线了，邱实想。他早已习惯了爸妈的没有原则，时好时坏，喜怒无常，他也懒得分辨了。

在网吧待了一个多钟头，平常邱实爱玩的网游，今天也没有心情，就上了下线，做了两个任务。之后，他就一个人在老城区晃荡。

溜溜达达也不知道去哪儿，邱实不自觉就走到校门口。瞥了一眼正要走过去，余光看见门卫指了他一下，又和同事悄悄耳语几句。

本来也没想去学校，这么一来，邱实反而径直往里面走，一副正大光明要进去上学的样子。老子交钱了，为什么不能进去，又还没被开除。

虽然开除是迟早的。

谁知看到他走近，原来留有一个小口的自动铁门关上了。

邱实两步走到门卫窗口，大喊："我要进去，开门！"

隔着宽大的窗，门卫看起来居高临下，冷冷地回应："上课时间，不让进。"

"我就是去上课！"邱实冷不丁跑出这么一句，两个门卫笑起来。

邱实感到他们笑声中的讽刺意味，脸上通红，也没什么可以辩解，仍旧说："我要上课，给老子开门！"

门卫听他骂脏话，索性不理他了。

邱实牛劲上来，也不再管门卫，直接要爬过不高的自动门。门卫这才着慌，忙过来拦他。正巧这时有别的学生也不知为了什么迟到，门卫赶快借坡下驴将门打开。

邱实进了校园，正是上课的点，路上也看不到什么学生。只有刚刚一起进来的那位同学，他不认识，那同学却畏畏缩缩想打量又不敢的样子。

"你是哪个班的啊？"邱实冲那名同学喊道。

那同学缩了下脖子一溜烟跑了。

"春江潮水连海平，海上明月……"走近教室，正在上语文课。

邱实也没敲门，把门推开低着脑袋闷头就往座位上走。但很明显，琅琅读书声霎时凝固在"共潮生"上，全班同学用目光将邱实送到了他的座位上。

足足安静了两三秒，老师才打破沉默："同学们把书翻到第七十八页，我们讲一下诗人的创作背景。"

邱实原也没想上哪门子课，自然没带书，便往邻桌那里凑，邻桌一点一点地往旁边让。

邱实看不到字，低低地说："怎么了……"

没有人听见，只有隔着三张桌子的何遇用余光扫了他一眼。

下一节是体育课，前半节课是短跑测验，之后是自由

| 章九 |

时间,男生们基本都在篮球场或足球场上,女生则聚在一起聊天。

靠着单杠,何遇读着海明威的一本小说,正对着的角度刚好能瞧见教务楼六层的走廊。同时,何遇能听到单杠另一侧,两名女生的聊天内容。

"如果是我被杀了,你会怎么办?"

"嗯……先报警吧……我也不知道该做什么,警察会帮你报仇的。"

"屁咧,警察只会吹牛,你看看那个家伙,不是没什么事嘛。"

"赔了不少钱吧,听说有五十多万呢。"

"这么多,他家这么有钱啊!"

"不知道,好像是借的……"

"老娘帮你报仇。"这时,另一个女生加入了谈话。

"怎么报啊?"两名女生同时问她。

"当然是阉了他,哈哈哈。"

"对对对,让他断子绝孙!"

三个女生笑作一团。

一个足球滚到何遇脚边,何遇截停足球,看向足球场,想将足球踢回去。可足球场上似乎踢得正激烈,根本没人看向何遇。他转头张望了一会儿,也没找到足球的主人,倒是有三三两两的女同学往一个方向聚集。

已经有五六个人,何遇抱着足球探头朝里看。一名女生捂着脚踝,面色苦痛地半跪在地上,而站在她面前的邱实想去拉女生。对方却没有理睬,抱着膝盖,久久站不起来。

围观的人越来越多,跪着的女生被另外两个女生搀扶起来,一人白了邱实一眼,邱实脸色顿时变了,慌忙解释:"我踢球瞄准的是墙,不是我踢的她,是她自己跌倒的。"

邱实看向那名被搀扶着的女生,后者似乎忍着疼,紧咬牙关。

见女生不说话,邱实一下慌了神,往前猛跨一步,大喊:"真的不是我!"

女生们见状随之后退一步,邱实也逼近一步,吼道:"你说啊,明明是你自己跌倒的。"

女生被吓得哭出来,左右同伴仗着人多,对吼过去:"别过来,你要杀人灭口啊!"

足球场上,有男生停下奔跑追球的脚步,朝这一方向看来。邱实感到自己就像被无数雷达瞄准的敌人,他们大有群起而攻之的态势。

"是我自己摔的。"跌倒的女生轻轻说。话音刚落,一个高挑的同伴就旁若无人地喊道:"你怕他干吗呀,那么多人看到了,我就不信他敢乱来!"

"你们看到什么了!"邱实忍不住回敬。

足球场上的男生早就觉得这里的热闹似乎更有意思,三三两两围过来。

| 章九 |

邱实像被包围了一样，不敢争辩了，却是冲那女生低喝："摔不死你，居然敢冤枉老子！"

那女生哇的一声哭出来，她同伴又是安慰又是大喊，男生们步步紧逼也不知是看热闹还是要动手。

眼看一触即发，何遇忙将足球递到邱实面前还给他。邱实接过足球，撇开众人，朝一个无人的方向猛踹足球。足球划过一道高高的抛物线，越过足球场，掉落在篮球场上，引起一阵咒骂声。

邱实不管不顾地径直朝自动售卖机走去。不一会儿，六名男生抱着足球气势汹汹地截住邱实。

"你脑子有病啊，踢球不长眼吗？"

"你他妈才脑子有病，不会躲啊！"

"你再说一句！"

"你他妈脑子有病！听清楚了嘛！"

"×你妈！"

…………

几人叫骂着扭打在一块，邱实架不住人多，被压在地上。体育老师闻讯，一边吹着哨子，一边拉开两拨人。从地上被体育老师拉起来的邱实，脸上印着几个脚印，被体育老师带走了。

伤到腿的女生正往医务室去，邱实与她擦肩而过时，往那个方向吐了口痰。邱实暗暗记下这些人，当中有两个男生，他可还给他们分享过戚夕的照片。当时，他们可没现在这么义愤填膺。

"真他妈道貌岸然！"邱实暗骂一句。

体育办公室内，邱实靠着球类置放架站着，体育老师坐在办公椅上。在办公桌边还站着一人，是整所学校邱实最熟悉也是最厌恶的老师，教导主任唐小宁。

"邱实，太平点行吗！"说话的是唐小宁。

邱实低着头，不看唐小宁和体育老师的目光，拨弄着身边的一个网球，"不是我踢倒她的……"

体育老师站起身，向唐小宁解释："大家都看到了，还说这些有意义吗？"

"他们瞎啊！"邱实截断体育老师的话。

"邱实！"唐小宁拍了下桌子，"你知不知道自己的情况！你马上就要被开除了，一不是我学生二不是我儿子，好不好和我可没关系，我是耐着性子和你说话，想你以后别往坏道上走……"

邱实没有听完，摔门出去了。

邱实默默朝体育馆走去，突然又回头，拿起一个网球就往校门口跑。一路奔跑，邱实觉得自己的心肺都要炸了。

咣当！网球砸破校门口门卫室的玻璃，门卫从破掉的玻璃窟窿里看到了邱实逃跑的身影。

"小兔崽子！"

全然不顾身后，邱实不断撞开行人，闷头往前跑，等到喘不过气来，他才靠着电线杆如牛般喘着粗气，回头望

章九

着学校的方向。

"什么破学校,都是傻×!"

无处可去,天色渐暗,小商贩们都开始摆开路边烧烤摊,飘来阵阵香味。邱实有些饿了,开始朝家走去。

就这样,沿着苏州河边一直往前走,邱实偶尔捡起一块扁平的石头,朝河面打水漂。好几次,石头连一下都没漂起来,直接沉入水底。终于,有一块石头连漂了三下,邱实咧开嘴笑了,仿佛中了特大奖。

一下来了劲头,邱实满地找石头,连扔了好几次。但凡水花数超过前一次,他就非常高兴。

"这么好玩吗?"一个陌生的声音响起。

邱实转身看去,瞳孔霎时收缩。

"戚……戚……戚夕?"

"你杀的人是我妹妹。"

邱实手中攥紧石头,不断向后退去。

"我只是来跟你说件事,之后孙天铭会联系你,你把内容转述给我。"少女声音冷冽。

邱实瞪大双眼,不知道眼前是人是鬼。

"我跟那家伙已经没有关系了!"邱实握着石头壮胆,吼完一句,就准备逃跑。

少女似乎叹了口气,拨通手机,将声音调成外放。手机内放出一阵杂音,紧接着,一个声音异常干枯的男声响起。

"打开你和孙天铭的聊天记录,最后一行。"

男人的喉咙里仿佛穿着铁丝,声音既尖锐又沙哑,令邱实想起指甲刮着黑板的尖锐声音。

"照做。"男人依旧是那种机器金属声。

听着男人的声音,邱实似乎只能想到服从,打开自己的手机,翻开和孙天铭的聊天记录。看到最底下一行,邱实惊呼:"这不是我发的!"

手机从他手中滑落,触摸屏碎裂,上面闪动着一行小字——

"快跑,警察都去学校了。"

章十

"你声音有这么沙哑吗？"何遇问十三。

"这样比较帅！"十三挑起一边的眉毛，挤眉弄眼道。

何遇伸出手，在十三大叫不要的神情下，将十三的虚影挥散。而他手中的电话依旧传来杜月的质问和谩骂。

"混蛋！是你放走了孙天铭……"

何遇直接挂掉电话，下意识地扫了一眼教务楼走廊的方向。

有人站在那个特殊的位置上。

已经发现不对了吗？何遇心想。

同一时间，公安局内的苏南看着林长清空荡荡的办公室，也是产生了同样的想法。

他是发现什么不对了吗？

"老林今天没来上班吗？"苏南问路过的一名警员。

"好像是请假了吧。"

苏南点点头,走进林长清的办公室,直接坐到他的办公椅上。为了让自己坐得舒服些,苏南随手将口袋里的杂物掏出。

他手里握着一张便利店的收银票据,上面标注着关东煮、面包、可乐、薯片等食物,除了数量多了一些外,没有什么奇怪的。但直觉告诉苏南,那名少年一定参与了案件,虽然他从不相信直觉,只相信证据。

在现有的证据下,足以对那名少年产生怀疑吗?

貌似不够吧,苏南无奈苦笑。暂且不提定罪,连构成怀疑的证据都不充足。查案是有逻辑的,第一点是明确怀疑的对象,也就是嫌疑犯。推导出嫌疑犯有两个先决条件,充足的动机加上没有不在场证明。

办公桌上散放着第四名目击者拍摄的照片和几张纸。苏南拿起一张纸,上面有一些人名和箭头标记,应该是林长清的思路过程。

在最顶上一行,写着孙天铭、李海和邱实三个人的名字。三人被框了起来,旁边没有任何标识。

下面一行写着"案发时,杜月,何遇"。在何遇和杜月两个名字下面,分别写着"动机"和"不在场证明"。

杜月的动机下画上了一道横线,不在场证明则被圈了起来。苏南熟悉林长清的标记含义,案发时,杜月有充分的不在场证明,虽然有一定的动机,但确定排除作案的嫌疑。

章十

苏南接着把目光移向何遇的名字,何遇的动机旁边画着问号,不在场证明下画上了两道横线,苏南觉得那两道横线划得很用力。

没有动机,即便没有不在场证明也没用吗?苏南觉得林长清思考的时候,应该和现在的自己一样无奈。

苏南摘下眼镜,而且此次案发时有没有不在场证明,跟自己事先就预料到的一样,没有用。案发时间特殊,大部分人都已入睡,没有不在场证明的人一大把,即便是夫妻,也不能肯定枕边人是否溜出过家门。

况且孙天铭三人的罪名已盖棺定论,何遇的嫌疑被无限缩小,这是警队内部的大势所向,即便苏南身为刑警队长也不可逆。

从案发时突破,已是死路。苏南和林长清得出了一样的结论,林长清在纸上没有再留下任何记号。

指腹有笔迹的触感,苏南点起一根烟,将纸翻到背面,是林长清对案件另一部分的判断——尸体被目击。

最顶上一行写着"消失的尸体"和"孙天铭",两者中间画有一个从左向右的箭头,箭头上方写着"复仇",箭头下方写着"何遇、杜月"。

将两人都归入了复仇的行列吗?动机勉强算是有,何遇是戚夕的朋友,杜月是戚夕的姐姐。

再往下看,苏南皱起眉头,他甚至觉得是不是林长清的笔误。

何遇的"不在场证明"旁打上问号,杜月的"不在场证明"则被圈了起来。意思是,何遇没有不在场证明,杜月有不在场证明。

老林不是做过何遇考卷的笔迹鉴定了吗?苏南纳闷。

笔迹鉴定这种事是瞒不过主管刑事的苏南的,既然考卷笔迹确定无误,尸体出现时,何遇就确定在考试,况且周围还有同学。既有人证又有物证,不在场证明称得上完美。

而杜月的不在场证明可以说是漏洞百出,苏南和林长清聊过,虽然杜月要赶上时间很勉强,但机会很大,不能排除嫌疑。

苏南手上的香烟燃至烟蒂,烟灰整根掉落在桌上。一刻钟后,他依旧没有想通这个问题。正当他要放弃的时候,林长清办公桌上的座机响了,苏南顺手接起。

"喂,我是林长清的朋友。"

"林队不在吗?"

"你是唐主任?"苏南听出了对方的声音。

"苏队?"

"是我,你找老林有什么事吗?我可以帮你转告他。"

"林队之前找我确认一件事,是问月考的考卷有没有可能事先泄露。今天我安排老师排查了一遍,确实有好几名差生的成绩提高得有些过分,甚至赶上了年级前几名。"

"考场你们是怎么安排的?我是指每个班级的学生。"

章十

苏南脑中仿佛有灵光闪过。

"班级是打乱的,是为了防止作弊。"

"之前确定孙天铭、李海和邱实三人没有参加考试,是有老师点名?"

"不是,监考老师也不可能认识全年级的同学,是清点考卷后发觉的。"

苏南倒吸一口凉气,又重重吐出。

"苏队,那你帮我转告林队吧。"见苏南没有回应,唐小宁准备挂电话。

"等一下,老林之前还有没有拜托过你别的事?"

"有一件……他让我查一下,那天周一的时候,有没有学生对戚夕的姐姐来学校里有印象。"

"结果呢?"

"应该是警方到学校之后,戚夕的姐姐和初二的一名学生在操场上聊过一会儿。"

"聊了什么?"

"好像是那部正在热映的电影吧。"

"老林是不是问你要了那名学生的住址和电话?"

"是的。"

苏南这才注意到,圈住杜月不在场证明的笔迹有些犹豫,旁边还有笔尖戳过的痕迹。苏南跟唐小宁道了声谢,答应会将这件事转告给林长清。

挂掉电话,苏南已明白了林长清为何会得出这样的推论。何遇只要能事先得到考卷，完全可以在尸体被目击前将考卷完成，再将早已做完的考卷混进正常批阅的考卷队列中。而打乱的班级对何遇来说很有利，校方判断学生缺考的依据仅仅只是考卷，何遇完全可以避免他被人发觉未出现在考场。虽然有难度，但这个计划完全可行。

人证物证都被推翻，何遇的不在场证明无效。

而杜月？苏南陷入犹豫。如果偷考卷的难度属于第一等级的话，那想提前观看未上映的电影，难度属于第十等级。毕竟电影的放映由私营企业在背后操控，新电影遭泄露，这种极其损害自身利益的行为，任何企业都会严格把控。

杜月当天跟学生口述的电影内容，透露了一个细节，只有真正看过的才会知晓的细节。所以，林长清确认了杜月的不在场证明，她看完电影再去戚夕学校是赶不上的。

真是这样吗？那唐小宁三人看见的戚夕是谁？照片上是谁？难道真的是戚夕的尸体？

苏南依旧觉得目击尸体的假设很可笑。凭何遇一个人就办到了这一切？

在满是人的学校内，带着一具尸体凭空消失？

绝对不可能。

那杜月的不在场证明作何解释？

苏南仿佛看见了林长清握着笔，正襟危坐在这张椅子上，却无从下手的样子。假如复仇行动是真的，杜月才是

章十

阻止这一切的关键,是解开这个谜题的钥匙。但是,现在钥匙被人所夺。

没有别的办法了吗?

办公桌上还有另一张纸,是学校的平面布局图,上面是一些重复涂改的直线,很像数学课上学到的反射线,都集中在二号楼和教务楼之间。直线密密麻麻,几乎填满了空白,笔迹很凌乱。

平面图底下写了行字——尸体消失的方法。

看着它,苏南感觉到了林长清对那个孩子的情愫。身为长辈,林长清选择了正面突破。

"但,我有我的方式。"苏南自言自语,食指敲击着纸面上的"复仇"二字,"我会赶在所有人之前,将孙天铭逮捕归案。"

唐小宁挂掉电话后,站在教务楼六层的走廊上,看着美术室的北面窗户。最近有空的时候,她都会在这儿站一会儿。

警察到底想做什么?为什么这么在意戚夕的姐姐?

思绪飘远,随即她又觉得释然,现在这些跟自己已经没有关系了。身后有奇怪的声响,唐小宁侧着身子扭头去看。

"唐老师,你真的要走了吗?"

是一名长相清秀的男生,应该是初三的吧,她记得好像是。

"老师你为什么一定要走呢,我觉得有责任的是校长。"男生微微低着头,故意撇开目光。

戚夕死后,教育局要求彻查,唐小宁这个教导主任"理所应当"地背起了这个责任,降级到一所小学当生物老师。

没想到第一个来送别自己的人是学生,唐小宁勉强挤出一丝笑容,说道:"没关系的,有空的时候你来老师家做客吧。"

"都怪那个混蛋校长,自己做不好,还……"

唐小宁匆忙阻止男生继续说下去,现在正是放学的时候,走廊上不时有下班的老师路过。

"去老师办公室坐一会儿吧。"

和男生并排走向办公室的时候,唐小宁甚至能看见男生眼角泛着的泪光,她心中顿时止不住地感慨。平常虽然对学生严厉了些,但还是有学生明白我的良苦用心啊,我这都是为了他们好。

"你叫什么名字?"办公室近在眼前,唐小宁问男生。

"我是三年二班的何遇啊,老师你不记得我了吗?"男生歪着头回答。

"记得,记得,是老师一时没想起来。"

唐小宁笑着说,男生也跟着笑起来,率先走进办公室。办公室内的其他老师已经先走了,唐小宁转身关门。

"老师你觉得,身为人民教师,是不是应该为了学生

章十

着想？"

背后男生的语气有点奇怪，唐小宁转身面对他，疑惑地道："是这样，有问题吗？"

男生嘴角扬起微笑，慢条斯理地在属于唐小宁的办公桌前坐下，"那老师你听了可别生气，我有一个请求。"

"什么？"唐小宁蹙起眉头，坐在男生对面。

"老师，你能提前一些时间离职吗？"男生在办公桌上的笔筒里挑挑拣拣，像在找什么，"最好是现在。"

唐小宁眉头一跳，目光从男生在笔筒内挑拣的手移到他的脸上，男生表情平淡，并没有她预想中的挑衅神情。

她尽量耐着性子问道："为什么？"

"老师你就当帮我一个忙，不行吗？"男生表情依旧平淡。

"不能说原因？"

"不能。"男生斩钉截铁地道。

"你爸妈没有教过你求人帮忙的态度吗？"唐小宁努力忍住不发火，她现在觉得男生冷淡的神情是在看不起她，"要是我拒绝呢？"

"抱歉，你不能拒绝。"男生语气没有起伏。

"够了！"唐小宁低喝道，指着门口，"你给我出去！"

男生从笔筒内抽出一把美工小刀，似是无奈地看着唐小宁，"我说过，你不能拒绝。"

唐小宁嗤笑一声，戏谑地看着男生，"我在这儿当了十几年教导主任，你觉得我还会怕这种伎俩吗？"唐小宁重重地拍了下桌子，怒目而视，"给我滚出去！"

男生似乎是叹了口气，刚想继续说什么，却突然停住了。

"……可以放你出来一次……"男生低头自语。

唐小宁不知道男生在自言自语些什么，她只觉得男生的眼神徒然一变，如果说先前是冷淡的话，现在则是嚣张，极度的嚣张。

"你们刚才说到哪儿了？"在唐小宁面前，男生举起美工刀，随后右手像颠球一般，颠着那把美工刀。"噢……对了，老师你真的这么想让我出去啊？"

虽然对男生的气质转变，唐小宁有些惊讶，但对于这种幼稚的威胁，她早已见怪不怪，她很疑惑自己教的学生就这智商吗？难道他以为学校里的保安都是摆设？凭一把美工刀能做什么，唐小宁随时可以叫保安过来。

可是，男生并不如她所想那般——故意摆出一副凶狠的面孔，拿刀指向她。

而是在唐小宁震惊的神情下，男生用刀往自己小臂上割去，皮肤上瞬间涌出鲜血。面对眼前所见，唐小宁大脑一阵短路。

"嗯？老师，你怎么不说话了？"男生一边像孩童般天真地嬉笑着，一边又在自己小臂上割下一道口子："不太习惯见到人血吗？没事，没事，慢慢你就习惯了。"

章十

男生扬起手,血滴随着他的动作向唐小宁洒来,唐小宁躲闪着站起身。

"你疯了!"唐小宁惊呼。

"好久没出来活动活动,都有点不太习惯了。"男生像刚睡醒般舒展着全身,脸上挂着愉悦的神情,仿佛那两道伤口根本不在他身上,"好了,那现在我该按照老师你的吩咐,出去了。"

男生站起身,哼着小曲,仿佛什么事也没有发生一样,走过唐小宁身旁,"哎呀,有件事忘了和老师你确认。"男生摸着脑门,转过身。"我流这么多血,待会儿外面的其他老师问起来,我该怎么说呢?嗯……要不这样吧,我就告诉别人,是老师你在用刀子惩罚做错事的我。"

"这下,唐老师你估计连老师都做不成了哟。"男生吐出舌头,貌似是做了个鬼脸来表示歉意。"实在很抱歉啦。"

说完,他转身欲离去。

"胡说八道!"唐小宁连忙拽住男生的手臂,"你以为别人会……会……相信你吗……"

话越说到后头越没底气,唐小宁意识到了不对。

"那你觉得别人会相信你说的,我用刀割伤了自己?"男生扬起嘴角的弧线,指着自己的手臂。"这可是很疼的,我哪儿下得去手啊。"

"你……"唐小宁指着男生却一句话也说不出来,胸口一股热气直蹿脑门,唐小宁扬起右手,朝男生面部打去。

男生不闪不避，结结实实地挨了唐小宁一巴掌。

"怎么了？想再留下一些殴打学生的证据？"与几分钟前正相反，男生反过来戏谑地看着唐小宁，从桌上拿起美工刀，递给她。"那还是用这个吧，效果好一些。"

美工刀被强行塞到唐小宁的手中，手掌被男生稳稳握住，死拽不开。

双方拉扯了几轮，男生突然用力将唐小宁拉向自己，几乎是贴着唐小宁的脸颊说道："拜托能不能快点动手啊？老子可只有一个小时的自由活动时间。"

男生强行操纵着唐小宁手中的美工刀，在自己领口处划下一道红线。"这里比较容易死人，快点！"

看着红线处渗出的鲜血，唐小宁脑中嗡嗡作响，放弃了挣脱手臂的念头。她的脸颊甚至能感受到他的鼻息，仿佛野兽一般，令她全身汗毛竖起。而他居然摆出一脸享受的表情，享受什么？

下一秒钟，她知道了他正在享受什么，是她的惊恐。

男生伸出舌头，自下而上从她的脸颊舔过，那一瞬间，唐小宁全身如遭雷击。他的舌头上仿佛长有倒钩，将她那部分的皮肤全部撕下，现在就像浇过开水一般，滚烫而疼痛。

野兽！他是野兽！这是那一瞬间，唐小宁唯一的念头。

连她自己也不知道，男生何时松开了她的手。直到关门的声音将她惊醒，唐小宁才回过神。

他已经走了，连他要听的答案都没等。是没必要吧，

章十

唐小宁捂着左边脸恍惚着,因为她现在只想逃离这所学校。

唐小宁脑中还弥留着男生临走前、平平淡淡丢下的一句话。

"教师不该是为学生着想,是无私的吗?为什么你看到学生受伤的时候,第一反应是要先保全自己,而不是救治学生?"

站在教务楼六层的走廊,她最后朝美术室的方向看了一眼,舍弃了对这所学校的最后一个疑问。

为什么美术室下面的榕树长得这么快呢,都快遮住美术室的窗户了。

章十一

　　不悦的面孔比比皆是，像何遇一样坐在教室内的学生还有二十几人，有人的表情已经不能用不悦来形容，痛苦更为妥当。同桌托着腮帮子，径直看向窗外，一副要杀要剐就是不听课的模样。任凭讲桌前的班主任如何怒目而视，教室内大部分人都了无生气。

　　不论谁周末被留堂补习，都会觉得不舒服。现在留在教室内的都是月考不及格的几位，这次的考试总体成绩比往届偏低很多，而且部分人还被查出了作弊。所以学校为了能有一个好看的中考升学率，就办了这么个补习班，还美其名曰学生自愿参加。

　　班主任的加班工作也是"自愿"的，换言之，是没有加班费的。被学生戏称为"鬼老头"的班主任，正冷着张

章十一

脸,迅速翻到考卷背面,也不管底下学生有没有听懂,直接进入下一题。

何遇本不必坐在这儿,他的成绩一向很精准地维持在平均线上,当然是出于不想惹人注目的缘故。不过这次何遇失误了,没想到全班的平均分数就没过及格线。现在只能坐在这儿上补习班,他可还留着钱德勒的小说没看。

班主任重重拍了下黑板,同桌被吓了个激灵,终于收回心神,暗暗抱怨一句:"学这些有什么用。"

确实没什么用,何遇在心里回应同桌。这点何遇跟普通初中生没有区别,学习是为了应付爸妈还是隐藏杀欲没有本质区别,因为都不热爱。

为什么一定要学习知识呢?

老师的标准答案是,为了上个好高中,再考个好大学,最后找份好工作。

这对吗?

何遇觉得这种思考问题的方式很奇怪,永远以结果来评判过程。假定学习知识的最终结果是找到一份好工作,这是一个完美的结果,那学习知识便一定是正确的。结果的好坏决定了过程的好坏,那复仇呢?为什么同一套逻辑,放到别处就行不通了?

复仇的结果是坏人被诛杀,这总归是有益的吧,那为何复仇不被允许!

有人在书中曾如此反驳过何遇,学习知识的过程能获得成长，是快乐的。而复仇的过程是痛苦的，所以学习知识与复仇不可一概而论。看完以后，何遇的第一想法是，貌似同桌在学习知识的过程中一点都不快乐。当然，这有些强词夺理了，或许同桌只是表面上痛苦。

他想到一个反例，治疗疾病的过程很痛苦，却受到大部分人推崇，这又如何解释。况且，学习知识的过程能获得快乐，获得这个词后面跟着的快乐难道不是结果吗？复仇又一定是痛苦的？

当真是结果决定了过程？

补课进行到下午三点，如预期般提早结束，何遇也停止了猜想。从教室走至四层时，何遇看到一个人等在那儿。

林长清沿着走廊慢慢走向何遇，直到靠近才打招呼："补课结束了吧？"

何遇舔舔嘴唇，说道："林叔，你在等我？"

"算是吧，边走边想些事情，猜测可能会碰上你。"

"有事吗？"

"听说这间教室就快重新装修了，想再来看看。"林长清指着美术室，"你不忙吧，跟我一起进去看看。"

林长清根本没给何遇拒绝的余地，随手扯下已断裂的警戒线，推开美术室的门。室内这半个月都未有人使用，每跨一步，都能扬起肉眼可见的尘灰。

林长清站在那幅巨大的《星空》壁画下，何遇觉得他比上次见面要憔悴许多，双鬓已经有花白的痕迹。

章十一

"还记得林叔跟你玩过的侦探游戏吗？"

这借口也太牵强了吧，大老远过来找我玩游戏？何遇心想。

"嗯，记得。"

"怎么样，有兴趣扮演一下侦探吗？"

何遇苦笑道："在中国，好像没有侦探这个职业吧。"

"那就换个说法，刑警游戏。"

"林叔，你本来就是刑警，干吗要我来扮演？"何遇故意激一下林长清，他确实很想试探林长清到底破解到了什么程度。

林长清已经跨过教室中央，走至北面的窗户前，过了一会儿才幽幽说道："你知道其实可以根据居住环境和家具摆放来判断一个人的性格吗？"

"嗯，美剧《犯罪心理》还挺火的，里面好像有这种说法吧。"

"如果厨房经常被使用，说明这个人生活很规律，多半是从事类似银行职员或中学老师的平稳工作，朝九晚五，性格不至于过分激进。"林长清看向何遇，"这种方法其实对案发现场也有作用。"

何遇走至林长清身边，没有插嘴。

"因为网上流传的那段录像，顺水推舟之下，警方的关注点一直在逃跑的孙天铭身上，却忽略了一个很明显的矛盾点。"

"有阴谋？"何遇半开玩笑地打趣，没想到林长清却很认真地回答了他。

"准确来说，应该是阳谋。"林长清绕着教室走了一圈，指着后方一块颜色偏深的地面，"你不觉得这里感觉很矛盾吗？"

"怎么矛盾了？我看不出来。"

"整个案发现场给人感觉很杂乱无章，却偏偏清理了这一块血迹，这种行为很矛盾。杂乱无章意味着冲动型犯罪，可清理又意味着冷静型犯罪，这两种犯罪类型不可能出现在同一个人身上。"

"孙天铭他们不是三个人吗？"

"邱实和李海已经招供，这些不是他们做的。"

"孙天铭难道还有其他的帮凶？"

"帮凶也称不上。其实并不是说团体犯罪就会留下前后矛盾的案发现场，团体犯罪也会和个人犯罪一样，留下一个前后统一的完整现场。因为所有的团体犯罪中都会存在一个主导人物，其余人都是依附于他，所以即便孙天铭有帮凶，案发现场也不该是这副样子，像是存在两个主导人物。"

何遇全身隐隐用力，闭口不语。

"除了凶手之外有另一方存在，我称为B，凶手则是A。A和B并不是协同作案，而是互相平行的关系，在A不知道的前提下，B清理过现场。"

章十一

"B 为什么要做这些呢?"

"有两种情况,第一是 B 参与了部分犯罪,第二是 B 与被害人关系匪浅,有复仇的性质,或者两种情况皆有。总之 B 想隐瞒某事,所以 B 安排了戚夕的尸体被目击,来明确 A 的犯罪嫌疑。"

"为什么?放任尸体被人发现,警方也会将孙天铭列为嫌疑人吧。"

"是这样。"

"那 B 为什么要多此一举呢?"

"大概尸体上有令 A 脱罪的证据吧。"

"那直接销毁尸体不就好了,何必这么复杂,还会牵扯到警察。"

"尸体可以隐藏,可一个初中女生的突然消失无法隐瞒,迟早会升级成刑事案件进行调查。既然如此,为何不在一个合适的时间地点让警方介入,同时还能为自己制造不在场证明。"

"林叔,你这是不是有些太异想天开了?"

"可能吧。"林长清脸上露出笑容,"所以说这是侦探游戏,并不是现实,可是你不觉得很有趣吗?"

"挺有意思。"林长清的笑容让何遇感到恶寒。

"后面的推测更有意思,之前你提过阴谋吧,如果 B 的行为未被人察觉,那确实是阴谋。但即便警方察觉到有 B 的存在,在破解不了诡计的前提下,活捉孙天铭是唯一的办法，这便是阳谋。"

"林叔，你到底想说什么？"

林长清站在教室中央，忽然看向何遇，"B正逼着警方追捕孙天铭。"

"林叔，你的推测好像前后矛盾吧，如果B是为了摆脱嫌疑，那等警方抓捕到孙天铭，那不就穿帮了嘛，孙天铭的口供可和案发现场对不上。"何遇露出疑惑的神情。

"在没有搞清楚B为何要这么做之前，是解不开谜底的。目前警方只能追着孙天铭这条线索，除非……"林长清转过身，用寻找破绽的眼神看向何遇，"破解尸体消失的诡计。"

何遇漫不经心地避开林长清如炬的目光，"现在学校里可是流传着层出不穷的推测呢，基本上都和戚夕的姐姐杜月有关，说是用了什么魔术。"

"那你觉得呢？"

"我只是没想明白杜月是如何离开教室的，虽说比将一具尸体挪出封闭空间要容易得多，可要办到也不简单。"

"你还记得我跟你说过的那个定理吗？"林长清点点头，说道。

"同一个人在同一时间只能出现在同一地点？"

"世上没有魔法，魔术也仅仅是一种障眼法，不外乎是利用了这句话，巧妙地利用了时间、空间和人的错位来制造错觉。"林长清踱步到那幅《星空》下，"时间上，B或

| 章十一 |

许能利用保安的视野空当,打出时间差溜走,让旁观的几人误以为这是封闭空间,但监控却不会有视野死角。空间上,美术室仅有一间,并且摆设也是最特别的,短时间内是不可能伪造一间再销毁的。剩下的只有人。"

林长清走至北面窗户,"房间内没有暗格,门窗当时也是从内反锁,可以明确封闭性。再加上监控录像和房间的唯一性,我可以断定……"

林长清站在何遇面前,自上而下睥睨何遇,"不论当时目击者看见的是谁,她都不在这间美术室内。"

"不在这儿?那当时老师和学生看见的是谁?"何遇心中抽搐,为林长清的敏锐感到惊心。

"戚夕或杜月。"

"嗯……林叔你什么意思?"

"看见她在美术室,不代表她就在美术室内。"林长清指着黑板说,"假如那块黑板是一面镜子,你看到了镜子中的我,那我难道就站在镜子所在的位置吗?"

何遇沉默不语,目光闪烁。

"人是会被自己的眼睛所欺骗的,看见不代表就真实发生过。B骗过了所有人的眼睛,甚至是相机。"林长清半坐在课桌上,问何遇,"你觉得B有可能是谁?"

"不知道,可能是学校里的人吧。"

"并不是这样。现在的前提是这一切是B故意设下的,既然如此,那目击者的数量也非常有趣。"林长清望向教务楼六层,"排除意外出现的第四名目击者,剩下的是一名老师加上两名学生,如果目击者是一个人的话,接到报案的警察或许会当作恶作剧直接处置,可现在是三个人。那就不一样了,证词要有力得多。不妨在假设得大胆一些,目击者是B故意挑选出的三人。"

"整个学校的人如果有意的话,谁都能调查清楚那三个人的行动路线。"换言之,何遇觉得林长清在说废话。

"不,凶杀发生在周五晚上,尸体被目击是在周末后的周一,如果不是事先就清楚那三人的行动逻辑的话,B是做不出这样安排的。"林长清收回望向教务楼的目光,"所以,B早在凶案发生前,就知晓三人的行动逻辑。也就是说,B和你一样是初三的学生,或是老师。"

林长清重点强调了"你"这个字眼,何遇觉得自己的体温在上升。

林长清继续补充:"因为平常身处二号楼内的初三师生,都能很轻易地看清教务楼的走廊,不经意间会注意到那三个人。而一号楼的初一和初二师生则办不到这一点。"

忽然,林长清盯着何遇,好似想从别人脸上阅读出什么的眼神,就像何遇曾如此紧盯着唐小宁一般的眼神。

"你喜欢戚夕吗?"

"林叔你问过这个问题了。"

"但你没有明确回答过我。"

"不喜欢。"何遇撇开林长清的目光,边朝门口走边说,

章十一

"为什么要问我这些?"

"因为如果 B 真的存在的话,我身为刑警一定要抓住他。"林长清目光柔和下来,"就算是拼了命,你知道吗?"

"为什么一定要这么做?"何遇嘴唇微启。

等何遇说完这句话后,林长清的眼神中透出一种何遇看不懂的情愫,不是怀疑,不是锐利,不是身为刑警该有的眼神。

"因为不能看着罪犯再犯错下去……"

林长清没有把话说完,但何遇看懂了他的嘴型。

停手吧。

何遇握住门把手,企图打开门,却被林长清摁住门框阻止了。两人就这么站在只打开了一条门缝的美术室内,双方都不敢对视,就像是生怕拉断这根紧绷的琴弦。

"何遇?"这时,门外传来一个声音。

门被推开,是一位身着西装的年轻男人,他手里拿着一本数学教材。

年轻男人狐疑地看了一眼林长清,随后问何遇:"身体好点了吗?"

"没事了,考试那天是因为没吃早饭,有点闹肚子,现在好了。"

何遇坦然回答,能感觉到林长清缓缓后退。

"那就好,别吃那些没营养的垃圾食品了。"年轻男人对着何遇说,随后看着林长清问道,"这位是?"

"他是我叔叔。"

"你好。"林长清伸出手,两人握手,"你是数学老师吧……"

何遇看着林长清与数学老师攀谈起来,并逐渐走远,估计是怕何遇听见。

"老林,你真觉得是镜子反射的原理?"刑警办公室内,苏南望着林长清道。

林长清站在一人高的大白板前,上面贴着几张照片,旁边还贴有学校的平面图纸。

"本来是,但是这需要两个人。"

"怎么?不是就差推翻杜月的不在场证明了吗?"

"周一的时候,何遇在考场上。"

"什么?"听完之后,苏南站起身来说道。

林长清越看白板上的线索,心神烦躁,索性不去看,"何遇参加了周一的年级月考,有老师对他有印象。"

"能确认吗?"苏南又坐了下来,拿起面前的茶杯。

"能。"

即便那名老师只见了何遇一面,但这也已确定尸体消失时,何遇的不在场证明。因为结合四层的监控录像,这代表着何遇的活动范围只能在四层以上,根本没进过美术室。

难道是远距离操控?这种停留在幻想中的东西能实现吗?

| 章十一 |

将茶杯往面前一放，苏南摇了摇头，靠着椅背徐徐道："老林，会不会是我们多心了。先是尸体如何转移出教室，然后是杜月如何离开教室，现在是镜子，那间教室内可没有镜子。推测越来越复杂。"

"玻璃后面贴上黑纸，就可以当作镜子。"

"依旧太复杂，美术室北面的窗户可不少，总共四扇，要用多大的黑纸你应该知道。而且镜子会遮挡住那面墙吧。"苏南指着白板上第四位目击者拍摄的照片，站在窗前的戚夕身后，那幅《星空》和雕塑像清晰可见，"有黑纸的话，照片不可能拍不到，何况杜月又要站在哪儿才能被镜子反射到呢？站在美术室窗外？半空中？这已经超脱了可执行的范畴，或许只能在电影里才成功，一点也不像那个孩子的作风。"

"你见过他？"林长清在苏南面前坐下。

"嗯，见过一次，那孩子看起来很聪明，但给人的感觉又不像天才般狂妄……嗯……应该称他冷酷更加贴切。"

苏南回忆着何遇面对他盘问时的冷静表现，"你觉得那孩子是个想问题这么复杂的人吗？"

林长清没有回答。

苏南权当他默认，继续道："聪明人与普通人最大的区别是，普通人想问题都很复杂，而聪明人想问题都很直接。因为聪明人知道越复杂代表着疑点越多、破绽越多，这等于是在自掘坟墓。"

"你是在骂我想问题太复杂吗?"

苏南一下意识到自己话里的歧义,朝林长清摆了摆手。

"他俩有不在场证明的事暂且不提,杜月和何遇的动机呢?现在想想不觉得太牵强了吗?"将茶水喝干净,苏南靠着椅背,"你真觉得杜月会选择复仇吗?我敢肯定她最想遗忘的就是自己的原生家庭,包括她的妹妹。"

林长清点了点头,面露苦涩。

"至于何遇,他做这一切又是想得到什么,你知道吗?"

林长清叹了口气,将白板转了过去,不过依旧没有回答苏南的问题。一张照片从白板上掉落在地,林长清将其捡起。

凝视着照片上的何遇,林长清自言自语,也不知道是在对谁说。

"你想做什么,为什么要放跑孙天铭?"

章十二

　　桌上铺着两张报纸，何遇正用螺丝刀将一把匕首的刀柄取下，尽量不磕碰到刀刃。这已经是他第五次做这样的事了，对这把匕首的改造总是不如意。还好现在已放寒假，他有时间，而且姑姑的出差又要再持续一个月，不然他真没法解释为什么自己要成天摆弄一把匕首。

　　十三则像平常一般，整个人呈大字形仰面躺在何遇的床上，嘴里依旧啃着一个苹果。

　　"你有完没完，一把破刀，有什么可研究的！"十三翻身坐起。

　　"那你为什么总吃苹果？"

　　"我喜欢啊，吃苹果对身体好，苹果富含矿物质和维生素……"

"知道这么多,要不帮我把寒假作业做了吧。"

"我不干,看到数学题我就头疼。"

"那就啃你的苹果。"

这时,电话铃声响起,没有显示来电人,电话号码却很熟悉。

何遇用纸巾将手上的油渍擦干净,接起电话:"喂。"

"孙天铭联系邱实了,要钱,邱实没答应。"

"要多少?"

"两万。"

"嗯……"何遇看向挂在墙上的日历,一月十四号这个日子被他用红笔圈了出来,"让邱实跟孙天铭说,需要一个星期准备,孙天铭会把自己的地点说出来的。"

"你有两万?"电话那头传来惊讶的声音。

"警方会给。"何遇淡淡地回答。

"什么意思?"

"做完这些,就让邱实报警。"

出奇地,杜月首先挂断了电话。她没多说一句话,不像前两天,一直在追问何遇为什么要放走孙天铭。

何遇拿起匕首,试图将它直立着竖放在桌上。很神奇的是,刀柄就像粘在了桌上一般,刀尖直直地指着天花板。

拿出直尺,何遇计算刀刃刺进杜月胸口后,长度是否能直接致死。

此刻,杜月正站在桥头,望着苏州河的方向。一条小

章十二

船正朝上游驶去，河水倒映着蓝天，船仿佛在云上游。

杜月抚摸着戚夕的外套，这是妈妈，准确地说是戚夕的妈妈几天前给她披上的。也不知道为什么，出门前鬼使神差地就套上了这件衣服，可能太冷了顺手拿的吧，她这样对自己说。

今天也没什么别的事了，她漫无目的地走，信步就到了从前的家。

她没打算来，但既然到了，上去看看也无妨。

敲了敲门，里面回应"谁啊"，她也没理，只是又敲了两下。舒桐终于来开门了，愣了两秒，一把抓住她的手道："夕夕回来了，想死妈妈了。"

不是第一次将她误认为戚夕了，杜月挣开舒桐，准备开口解释。

"夕夕，你来看，妈妈准备了你最爱吃的红烧鲫鱼。"在杜月开口之前，舒桐就不由分说拉她到饭厅。

满满一桌子菜，红烧鲫鱼放在中间。杜月一时不明所以，没有人知道她今天会来，她自己都是心血来潮，忍不住问："你怎么知道戚……会回来？"她没敢直说，她可以预料真相会导致怎样的轩然大波。

舒桐像没听见一样，不似在回答问题："快洗手吃饭，我一早买的活蹦乱跳的，新鲜着呢。"

其实早过了饭点，杜月象征性地动动筷子，只当礼貌。饭菜确实很新鲜，但已经冷了，舒桐像不觉得，一味给她夹菜，也不管她是否真的吃了。

杜月忽然明白过来，舒桐只是自己在玩着过家家的游戏，而她恰巧又充当了一次道具，一个扮演"夕夕"的道具。或许她每天都赶早市，每天都做一桌子菜，每天都倚门等候女儿。只是今天，自己来了，便成为舒桐的女儿，仅此而已。

离上次看见舒桐已经有些时日了，没想到她越发陷入自己的世界，杜月想。她有些可怜对方，就真的按舒桐的想象吃了两块鱼，对她笑了笑。

舒桐好像没看见，也没有回应。杜月自嘲地摇摇头，一个道具，何必自作多情呢？

安静了很久，舒桐过来收拾，说道："夕夕吃完了，去看会儿电视吧，妈妈一会儿给你削苹果，饭后吃点水果好。"

"我要走了。"杜月怕再待着忍不住说出什么不好听的。

"你又要去你姐姐家啊？夕夕，你可要对姐姐好点，她为你吃了不少苦。"

杜月本都要踏出房门了，听了这话顿时定住身形。来都来了，她忽然想为这么多年要一个答案。

"她吃了苦，你后悔过吗？"

"……"

见没有回答，杜月转身直视舒桐。舒桐的目光却涣散开，往厨房走了圈，出来时手上拿着苹果，往沙发上一坐："夕夕，妈妈削苹果给你吃啊。"

章十二

  好像是对杜月说的,又好像戚夕就坐在沙发上,她的旁边。

  "你后悔过吗?"杜月站在舒桐对面,俯视她。

  果皮一点点长了,果肉圆润光滑,舒桐浑似从未听见她的话一样。

  "夕夕啊,小时候姐姐对你可好了。你还记得吗,我给你们一人做了一件裙子,一件红的,一件黄的。你们都要穿红裙子,姐姐抢到了你就哭,后来还是让给你了,多懂事的孩子啊。"

  "你是在装疯卖傻吗?"

  苹果皮断了,舒桐往身侧看了眼才抬头,好像刚发现杜月一般:"夕夕怎么不坐妈妈旁边,吃苹果啊。"她将苹果递到杜月眼前,动作滞缓,不似智力健全的人。

  杜月劈手就将苹果拍掉:"出这样的事,不觉得是抛弃女儿的报应吗!"报应二字甫一出口,杜月自己都吓着了。她怕舒桐听懂了,想起事情真相,又怕她听不懂,就这么浑浑噩噩两人鸡同鸭讲。她又有些后悔,何必对一个精神失常的人这么刻薄:"我……不是……哎……"

  舒桐慢腾腾地捡起苹果,笨拙地去抱杜月:"夕夕,你生妈妈气了。你为什么要生气呢,你该生气啊,是妈妈没用,养不活你们两个。如果当初没把月月送走,她和你一样高,一样大了,我不敢去看她,我怕她新爸妈不高兴……"

"都是我没用,照顾不了你们两个,现在连你也怪我,我可怎么办呀……"

"夕夕别生妈妈的气,你爸爸那样,月月又不能留在身边,妈妈只有你了啊……"

"妈妈没用,可是妈妈只有你了,你快快乐乐的,我才能好啊……"

舒桐只有戚夕了。

回家几天了,杜月的脑海中还始终回荡着舒桐絮絮叨叨的独白。她不记得当时是如何忍受不了,以至挣脱怀抱夺门而出的。她能记得的是仿佛至今还残留在身上的,舒桐围裙上的淡淡油烟味。她轻轻吸了下鼻子,忽然想起什么,打开床头柜,从一叠杂物的最下面掏出一张相片。

杜月瞧得入神,忽然咔嚓一声房门响了,赶快手忙脚乱地把照片塞到抽屉底下。

"月月在家啊。"杜月养母开门进来,好似看到了她的动作,但没有说什么,只是笑笑,"晚饭想吃什么?"

"妈妈上班也累了,做什么都可以。"

"诶,女儿真懂事。"

相敬如宾,演戏一样,杜月没有瞧见养母脸上的落寞。

记不清过了多久,思绪纷飞的她也不知自己做了些什么。直到日落月升,万家灯火亮起,妈妈也没叫自己吃饭,反而渐渐有嘈杂声传来。

杜月走出卧室,来到客厅。母亲站在门廊堵住大门,

章十二

似在与人争辩什么。

"你快回去吧,真的不在这儿。你回去看看,没准她就到家了呢?"母亲这样说。

"我来接她回家。"门外的人反反复复就是这一句。

杜月很熟悉这个声音,探头去看说话的人是谁。

突然,她脑中轰一声就炸开了,舒桐竟然到这里来了,这么多年头一次。她带自己回去?

"我看到她了,那是我给她买的衣服!"门外忽然一声惊呼。

杜月下意识打量了下自己身上的衣服。母亲回头看见了杜月,立刻冲过来用身体挡住她,将她往卧室里推。

杜月藏在卧室门口偷眼打量,舒桐已经进了客厅,却没有注意母亲突兀的动作,而是从沙发边拿起一件外套,喃喃道:"夕夕的衣服,她在你们这儿。"

这是杜月随手扔在沙发上的。

原来她要带走的人,是戚夕。杜月为自己刚才的念头,感到可笑。

母亲似乎松了一口气,忙扶着舒桐往大门外走:"你看错了,我带你找夕夕去。"

"你骗我,夕夕明明在里面。"

"好好好,我带你去找她,她和月月在外面玩呢。"

"我就说她在嘛,她说找月月来玩了。"

"对,她和月月在一起逛街呢,我们知道,你跟我们走。"

母亲似是发现只有顺着舒桐才能把她劝走,忙一言一语地说着,终于连哄带骗将她拽了出去。

随着大门关上,一切喧嚣安静下来。杜月抱着枕头半晌无语凝噎,她是来接女儿的,不是自己。

这里才是自己的家,她努力在心里对自己这么说着。

卧室门猛地被打开了,母亲不知何时回来了,脸上带着尴尬的神情。每当她要谈起那个话题的时候,总是这副神情。

"月月……那个……你最近又见过……她吗?"

"路过的时候见了一面。妈,你放心,我不会跟她走的。"

"那……那以后……"

杜月现在觉得还是像何遇那般直白的谈话,比较让她觉得舒服。

"以后我不会再见她了。"

母亲长舒一口气,连身说"好",踮着脚退出了杜月的卧室,似乎生怕惊扰了杜月的心情。

有必要每次都这么小心翼翼吗?

虽然是如此想着,杜月还是面带微笑看着母亲轻轻地关上房门,好像是双方的例行工作一般。

杜月又从抽屉下面掏出那张照片,上面红黄两个女孩,张开手臂,笑得疯疯癫癫,裙摆飞扬。

只是想去了解自己的亲生家庭,他们为什么生了我,

章十二

又为什么放弃我,这件事有这么困难吗?

杜月将照片攥在手中,直到指关节发白。

新城区的路上行人络绎不绝,当杜月拐到岔道口,并沿着这条岔道往前走到小区时,在漆黑而幽静的夜空下,只有脚下这条水泥路向着黑暗的深处无限延伸。四周一片漆黑,只有从两旁房子窗户里透出明黄色的光。每间窗户后,都有一家人围坐在电视机前。想到这儿,杜月的心顿时变得无比空虚。

但,那个家的窗户却是黑暗的。她想在离开前,最后看一眼舒桐。

杜月推开门,舒桐没在门后,屋内也没开灯。

"有人吗?"

舒桐坐在沙发上,呆滞的眼睛盯着电视,一言不发,只有电视机发出的微弱光线隐约照亮屋子。杜月顺手打开了客厅的灯。

舒桐转过头,声音很微弱地说:"夕夕,你回来啦?"

杜月的心沉了下去,又是"夕夕"。

"你怎么没关门?"杜月问。

"啊,是这样啊。"舒桐又回过头,显得很无关紧要的样子。

"发生什么了吗?"

杜月觉得有点不对劲,绕到舒桐面前,这才看见舒桐手中握着一张照片,上面是穿着一红一黄颜色裙子的两个

二次谋杀

小女孩。

　　杜月轻声叫唤舒桐,后者迟疑着慢慢抬起头:"有没有听姐姐的话?"

　　之后舒桐不再有回应,任凭杜月如何叫唤,舒桐一直呆滞凝视前方,皱巴巴的衣服包裹着她瘦弱的身体。

　　杜月不忍再看,怕失去了说出实话的勇气。她转身走至门口,背冲着舒桐大喊:"妈,我是戚月啊!没有戚夕了,再也没有戚夕了!"

　　喘了两口粗气,杜月继续说着,也不管舒桐是否听见。

　　"妈,你知道我被送走的那一年,我有多恨你,多恨妹妹吗?为什么你们选择了她,而不是我!"

　　靠在门框上,杜月全身都在颤抖。

　　"甚至,在知道妹妹死的时候,我有开心过……"

　　说完拔腿就跑,跑下楼梯,跑出小区,跑过马路,不知疲倦,一直在跑。静谧的街道上,唯有车辆疾驰而过时留下声响,在杜月听来震耳欲聋。

　　她好想在噪音的遮掩下怒吼,仿佛看见了舒桐羸弱的身躯不堪重负,倒在地上。也看见了戚夕满身是血,性命垂危。

　　那一刻,她觉得是自己杀死了妹妹。

章十三

许磊左手插兜,右手递给报亭老板十块钱,要了本杂志。趁老板背过身找钱的时候,许磊左手将一个微型摄像头粘在了报亭门框上,调了调角度。接过两块找零,许磊钻进一辆面包车内。

许磊一进车,另一名刑警迅速拉上车门。苏南面前的几个小监视器上正闪动着画面,上面是一名戴着墨镜的女人。

"苏队,这女人一定会联络她儿子吗?"

"好好的上门快递不叫,非来邮政局,肯定有鬼。"一名比许磊看着年长几岁的刑警解释给许磊听。

苏南没有说话,打开对讲机,"一号就位,目标进去了,在大堂。"

二次谋杀

一个监视器的画面立刻调整为正对大堂柜台的角度，女人正在柜台前填表，桌上摆放着什么发亮的物品。

"苏队，要行动吗？"

"稳住，她跑不了，等她寄完东西。"

十分钟后，女人走出邮政局，面包车远远跟着。如果有人仔细观察女人周围的话，会发现有一男一女跟女人保持着同一步调，女人一前一后被人紧紧盯着。

"寄了什么？"

监视器上浮现画面，先是填写寄件信息的表格，收件人是孙铭，寄件人是秦蕊。秦蕊是孙天铭的母亲，孙铭明显是个蹩脚的化名。

扯开包装袋后，两根金条落在刑警手心。

"动手，拦住秦蕊！"苏南对着对讲机发出命令。

苏南带着许磊步下面包车，秦蕊已经被便衣女刑警给铐了起来。

"你凭什么抓我！放手！"秦蕊还不明白状况，奋力呼喊，"救命啊！打人了！"

凑热闹的路人一下拥上来，苏南推开围观人群，走上前，"凭你涉嫌包庇藏匿罪，现在进行逮捕。"

许磊对着周围喊，同时亮出警徽，"我们是警察，大家散开，散开。"

秦蕊被押上警车，苏南坐在后座，许磊开车。

"现在给你个机会，把逃犯孙天铭的情况说出来，公安

| 章十三 |

局可以考虑不起诉你。"苏南看向秦蕊,语气不温不火,却着重强调了"逃犯"这两个字。

秦蕊张着嘴说不出话,突如其来的信息量有些大,她暂时反应不过来。

"没事,到公安局之前,你可以慢慢想。"

"求求你们放过我儿子吧,我只有这一个儿子。"秦蕊的声音带着哭腔。

"秦女士,我们是警察,只会公事公办。"

"都是我的错,是我没有教好他,你们逮捕我吧。"

"一码归一码,你儿子做错的事,该由他自己来承担。"

"他还小,能错到哪里去呢?很多事,他都不懂,他还分辨不了好坏,是我的错,我的责任,你们要逮捕的人是我!"

秦蕊最后一句话几乎是吼出来的,可苏南依旧无动于衷。似是觉得说的话对苏南没有用,秦蕊又张口道:"你有孩子吗?"

"没有。"

"如果你有孩子,你忍心把你孩子送上法庭吗?"

苏南转过头,看着她的眼睛,一字一句地说道:"如果我的孩子犯法,我会亲手送他去监狱。"

"你……"

"苏队,还有十分钟就可以到局里。"许磊握着方向盘出声。

直到公安局已经出现在苏南的视野内，秦蕊都没有再说话。停下警车后，一名女刑警将秦蕊押进公安局。即使被铐住双手，秦蕊也没有开口的意思，只是一直瞪着苏南。

她的眼神好像在说，哪有父母不会为了孩子着想。

"苏队，要不要去查孙天铭使用的电话号码？"站在公安局门口，许磊递给苏南一根烟。

"嗯，去查吧。不过估计没用，那小子很精明。"

"那怎么办？"

"没事，只要露头了，说明藏不住了，一个多月，钱估计花完了。这样，你去联系春秋市公安局，让那边派人去收件地址。"

许磊点头直接去执行任务了，苏南紧皱的眉头舒缓了一些。他没预料到追捕一名未成年人居然如此耗时，未成年代表着没有身份证、银行卡和信用卡，所有平常罪犯常容易留下踪迹的地方通通没有线索，连电话卡都是黑货。

一名警员朝苏南走来，是专门负责群众举报热线的人。

隔天，邱实家中响起电话铃，却是许磊接起手机，他越听下去神色越暗淡。

挂掉电话后，许磊掩盖不住的失望，"没抓到孙天铭，收件地址是另一个人的。"

"他认识的人？"问话的是苏南。

"据说是什么王哥手底下的，那人还没招。"

苏南眉头紧皱，吩咐许磊再去和邱实对一遍预演的电

章十三

话内容，防备孙天铭随时打电话来。

既然那条线断了，邱实这条线必须要维持住，还好现在获得了先机，孙天铭很可能会再打电话给邱实。

夜深了，邱实坐在书桌前手撑着脑袋，打瞌睡，他身边是一名刑警半躺在他的床上看漫画。门外客厅内还坐着三人，中间是苏南，戴着耳机，面前是录音设备和电子定位器。在苏南两边是许磊和网络安全部门的人，还有一名刑警去屋外抽烟解乏了。

"各位警官，都饿了吧，来，吃点东西。"这时，邱实的母亲端着两盘糖炒栗子走至客厅。

苏南没有回应。邱实母亲完全无视热脸贴冷屁股的尴尬氛围，脸上依旧挂着笑容，弯腰抓起几把栗子放在三人面前，连说了好几声"慢用"。

当她抓起栗子，放到苏南面前时，低声说："是孙天铭主动联系我儿子的，跟我儿子没关系，还是我儿子跟我说要报警的。"

许磊刚要拿起栗子，又拍在了桌子上，一脸不耐烦。

"你们忙，你们忙……"邱实母亲慌忙告退。

手机铃声突然响起，是邱实的。

许磊迅速翻开笔记本电脑，提醒所有刑警："不是本市号码。"

苏南拿起一个耳机和写字板，就冲进邱实卧室，朝里点点头，示意邱实可以接电话。

邱实哆嗦着摁下接听键，头一次接电话让他这么紧张。

"妈的，怎么这么久才接？"所有刑警都能听到电话对面那不耐烦的声音。

"在小便。"这是警方事先就为邱实准备好的台词。

"你不会把事告诉警察了吧？"

"怎……怎么会，我躲警察还来不及。"

"那个，钱准备得怎么样？"

苏南在写字板上，写下"劝他自首"这四个字。

"那个……钱差不多了，要不你还是去自首吧。"

"你他妈的……"孙天铭骂了两句。

"不会坐牢的，我不是还在家待着吗。"

"知道了，玩完这一趟，我就去派出所。我爸要送我去军事化学校，之后就不能玩了……"孙天铭语气软了下来。

写字板上又多了两个字——地址。

"钱我怎么给你？"

"到春秋市火车站，北面有一片批发市场，后天下午两点在入口等我。"

手机被挂断，网络安全部门的人站起身，对苏南说："用的是固定电话，位置已经发给春秋市公安局了。"

"好，收拾一下，立刻出发去春秋市。"

下完命令之后，却没有人立刻回应，过了一会儿才有人说了声"收到"。

苏南疑惑地转过身，发现所有人脸上都布满了疲惫。

章十三

也是，专案组的人几乎已经连续工作五十多个小时了，查案的这一个多月都没有好好睡过一觉。

"改成明天在局里集合。"苏南修改了一遍命令。

大家陆续开始收拾设备，许磊走了过来说："苏队，我可以现在就出发。"

苏南知道许磊的心情，拍了拍他的肩膀说："你已经三天没合过眼了。"

"没事，我可以继续工作。"

"快回去，这是命令。"

"没抓到孙天铭之前，我一闭上眼，就能看见戚夕的家人……"许磊面露落寞，可依旧站在原地。

苏南阻止许磊继续往下说，将他拽出了屋。

等所有警察都走后，邱实背靠门，拿出另一个手机，将刚才发生的情况编成一条短信发送了出去。

过了五分钟，短信如石沉大海，没有回应。邱实又发送了一条消息——"可以把那个证据还给我了吗？你说的我都做了。"

不知守着手机过了多久，终于有回应了。邱实赶忙查看，对方只回应了两个字，他却感到如释重负。整个人瘫软在床上，从头到脚都放松下来，这件事终于在他心中结束了。

邱实握着的手机屏幕上闪动着两个字——"已删。"

第二天，林长清裹着大衣朝公安局走去，路过一所中学的时候，他看到一个熟悉的身影站在学校的铁质围栏旁。

许磊望着操场的方向，完全没有意识到林长清的到来。

林长清顺着许磊的视线看去，眉头一阵紧皱。邱实正在操场上和几名同学踢足球，一位同学传球失误，球滚至邱实脚下。他先将球稳住，然后努力阻止对方的拦截，快速地向禁区跑去。

球进了，所有邱实一方的同学都喝彩着朝他跑去。看来邱实已经融入了新学校。

"走吧，苏南在等你。"林长清轻拍许磊的肩膀。

"才过了一个多月，他就好像完全忘了因为他的行为，一个女生死了。"许磊这才察觉到林长清，微微偏过头说。

"他已经付出了代价。"

"够吗？"

"现在已经有了孙天铭的线索，你要放弃这个机会？"苏南明白许磊是在同情戚夕的遭遇，"走吧，我们会抓住罪魁祸首的。"

"有用吗？"许磊指着操场上的邱实，"他不是依旧一身轻松？"

"那你想怎么做？继续在这儿无所事事？"

"我不知道……"许磊慢腾腾地转过身，看着林长清的侧脸，"孙天铭会被判多久？"

"犯下这么多事，就算他未满十四岁，也肯定不会有好果子吃。"林长清眯起眼，凝视着远处的邱实。

| 章十三 |

对于孙天铭是否会坐牢，林长清没有谈及，只是他的眼神出卖了他。

棉絮般的白点从天空落下，下雪了。

围栏内的学生们，包括邱实，都欢欣鼓舞起来，覆盖了薄薄一层雪衣的操场上，满是奔跑留下的印记。

林许二人站在雪中，不一会儿，皆是满头白发。

孙天铭会受到什么处罚，你会不会一直在思考这个呢？虽然已经排除了对何遇的怀疑，但林长清还是止不住地想起何遇。

谁都没有注意到，一辆红色的跑车从二人背后经过，扬起一道雪雾。

"你会开车？"当红色跑车停在杜月面前时，她很惊讶。

何遇摇下车窗，示意杜月坐上来，杜月虽然狐疑，但没多说什么。等杜月上车后，何遇尽量平稳地松开离合器，车子还是剧烈地颤动了一下，但好歹算是上路了。何遇只在国外开过自动挡的汽车，姑姑的跑车是手动挡，用姑姑的话来说——只有手动挡才能体会驾驶的乐趣。

高速入口就在市中心，何遇却选择了一条稍远的路线。两个初中生经过收费口，何遇觉得还是太显眼。想到这儿，何遇一阵无奈，初中生没身份证坐不了火车，长途大巴又太慢，只能选择自己开车。

当车驶上国道后，杜月偏过头问何遇："为什么突然这么着急？"

"因为现在的时间刚刚好。"

何遇稳稳地握着方向盘，直视前方，强风夹杂着冰雪不断扑打在挡风玻璃上。起风后，天神仿佛在叹息下界人类罪孽之深，地面上充满怒吼的风声，肆虐着一切。

杜月手里紧紧握着一瓶溶液，里面装着孙天铭强迫戚夕喝下的相同药剂——氯仿。她想缓解一下紧张的情绪，打开了车内的收音机，里面传出柔和的女声。

"下面插播一则气象预告，未来二十四小时内，请本市居民注意安全，暴风雪将至……"

章十四

一辆夜行汽车顶着山间的暴风雪，向北前行。

山里的树林、崎岖的石头路、沟渠间的农田，全都被厚厚的积雪覆盖。明黄色的车灯是这片白色黑暗中的唯一亮光，如果从高空俯瞰，能看到那一点亮光正沿着山路蜿蜒而上。

红色的车尾灯亮起，路旁的积雪顿时被衬得鲜红一片。

副驾驶的车门被打开，杜月环抱自身站在飘落的雪花中。

何遇坐在车内，望着杜月摊开掌心，想接住那一片片雪花。何遇弯下腰，从副驾驶前面的储物盒里拿出一个黄色资料袋，里面装着何遇改装过的那把匕首。

"终于要动手了嘛,可急死我了。"十三整张脸都贴在车窗玻璃上,幸灾乐祸地说道。

何遇没有理睬十三,手拿资料袋下车,能感觉到资料袋内刀的轮廓。他一步一步慢慢靠近杜月。

杜月丝毫没有察觉何遇的靠近,高高地举起手掌,感受着飘落的雪花被自己掌心的温度所融化。

"就是这样,别被她发现了。"十三弯着腰,蹑手蹑脚地跟在何遇身旁,生怕一个不注意,引起杜月的警觉。

何遇和杜月已经靠得非常近,近到他一抬手,手中的匕首就会刺进对方的身体。

突然,杜月转过身,面朝何遇,对着他笑了。

和记忆中母亲的笑容一样美,何遇这么觉得。

"这是我第一次见到雪,真漂亮。"杜月扬起头,任凭雪花飘落在她脸上。

"我也这么觉得。"何遇也学着杜月的样子仰起头。

"你说,人死的时候是什么样子,疼吗?"

"我没有死过,所以我也不清楚。"何遇站到杜月身侧,正面朝着她,"应该不疼吧,会疼不就代表着人还活着吗。"

"说得也是。"

何遇已经握紧了资料袋内的刀柄,可杜月接下去的话却令何遇手中一顿。

"谢谢你。"少女笑得很甜。

章十四

"谢什么?"何遇表情错愕。

"有人帮自己做了本不需要做的事,不是该表示感谢吗?这是你自己说的。"

"我帮了你什么?"

"谢谢你给我留下这个机会,我知道凭你自己一个人也能办到这一切。"

"说得你好像很了解我一样。"

"不是嘛,我们可是很小的时候就认识了噢。"少女俏皮地对何遇眨了下眼,"你不记得了吗?"

"记得。"

何遇再次握紧刀柄,将资料袋抵到了杜月胸口,现在只要何遇轻轻一用力,刀刃立刻就会刺穿纸袋,然后是她的皮肤,乃至心脏。

可少女只是很奇怪地看着何遇的动作,脸上没有一丝紧张或者怀疑。

她一点都不怕我吗?何遇惊讶地发现了这点。

因为这否定了何遇从有意识以来一直在做的一件事——只要卸下自身的伪装,人人都会恐惧他的所作所为。

这样想着,何遇翻转手腕,将纸袋横拿,递到杜月面前。

"愣着干什么,拿着啊。"何遇出声提醒少女。

"这是什么?"杜月疑惑地接过纸袋。

"你会用到的,使用的方法就在里面。我再问你一次,确定要这么做吗？"

少女脸上闪过犹豫，随后点了点头。

"你一直都不是我的第一人选。"

"现在是了。"少女这次的回答没有犹豫。

"坐那边的缆车下山，就是现在孙天铭所在的批发市场。"何遇指着前方山脊上的一所灰色建筑，"邱实说过，这段时间他和孙天铭一起玩的那个游戏，孙天铭经常在线。孙天铭肯定会待在网吧附近的宾馆，他没有身份证，网吧和宾馆估计都不正规。符合要求的地方就两处，我已经发到你手机上了。"

"好的，那我走了，再见了。"

少女笑着告别，径直朝远处的山脊走去。

"再见。"直到少女走远，他才轻声回应。

目送杜月坐上游览车，何遇能看见车厢内杜月抬头望天，不知道她在想些什么。

十三又不知从哪儿掏出一个苹果啃了起来，看着何遇，一脸的恨铁不成钢，"这么好的下手机会，你居然给浪费了！"

"我什么时候说过要杀了她？"

"难道不是？"

"不是，从没这么打算过。"何遇摇了摇头，"不过，她现在已经死了。"

十三呆呆地看着他，完全不明所以。

章十四

何遇凝望游览车消失在雪雾中,右手握着挂在胸口的那两颗虎牙。他能触摸到牙齿上的裂痕,是戚夕最后咬碎牙齿时的裂痕。

天亮了,风雪却依旧。

一个僻静的停车场,许磊从面包车内走出,有些不自然地伸展了一下全身,腰间和胸口装了两个窃听器,有些不适应。在他周围聚集了很多人,大部分人都身穿警队制服,少许人则是跟他一样的便衣,多是春秋市公安局增派过来的人手,不光是刑警队,连扫黄队、缉毒队和特警队都在。经过一整夜的排查,已经基本锁定了孙天铭藏匿的地点,是一家洗浴会所。

警方如此兴师动众的原因是,这家洗浴会所,不光藏有孙天铭一名逃犯,还涉及组织卖淫、毒品交易、私藏枪支等一系列重罪。都是由追寻孙天铭牵扯而出,如此这般,春秋市公安局才会提议联合逮捕。

许磊拨开十几人后,才见到正在检查手枪的苏南。见许磊走近,苏南从警车后备箱内取出另一把手枪,"现在里面情况特殊,千万别暴露自己,明白吗?"

"明白。"许磊点点头。

苏南没将手枪递给他,而是拉出弹夹,检查了一番,"这是最后的手段,不到万不得已,一定一定不能开枪!"

苏南千叮万嘱许磊不能开枪,因为一开枪,会所内的人肯定就明白许磊是警察，到时即使周围都埋伏了警察，许磊也会有危险。

"你的目标是什么，再跟我说一遍。"

"只要确认孙天铭在会所内，就发信号。如果他不在，就装作光顾的客人，直接离开就好。"

"嗯。"苏南点点头，这才将手枪连同枪套递给许磊。

许磊收好配枪，慢慢走远，融入街道上的行人中。

"一定要他上吗？"林长清戴着一顶黑帽子，靠近苏南说。

"春秋市公安局已经打草惊蛇了一次，他在这里年纪最轻，最不会惹人怀疑。"

"嗯，那你多注意点他的情况，对于戚夕的死，他一直觉得自己……"话说一半，林长清摆了摆手，"没什么，我去会所周围转转，有情况就叫我。"

这次的逮捕行动，基本由春秋市的特警队负责，其余各组成员的工作是搜集证据和确认疑犯。所以林长清并没有特殊的工作要执行。

许磊走在街道，脚步一轻一重，显得不太自然。他也意识到了这个问题，深呼吸两口，冰冷的空气一入口，头脑立刻清醒了几分。

经过一所网吧之后，那家洗浴会所已在街对面。

许磊推开玻璃门，里面光线很幽暗，前台坐着一个人。

"欢迎光临。"许磊隐约看到男人站起身。

章十四

原地站了几秒钟，许磊的双眼才适应了幽暗。面前站着个挺着啤酒肚的男人，正指着前台上方的服务表，上面写着桑拿、精油、足浴……

"有……特殊服务吗？"

男人一听，上下打量了许磊一番，目光有些不怀好意。

难道只接熟客生意？许磊故作镇定，靠在柜台上，"我是孙天铭介绍来的。"

听到孙天铭的名字，男人有点惊讶，"这小子！怎么随便跟人说。"

"那这儿有特服吗？"

男人沉默了一会儿，随后指了指旁边的小门，"从那边进去，快点。"

许磊松了口气，对方应该是排除了对他的怀疑。走进小门，里面堆满了大大小小的纸箱，许磊并未看到想象中灯红酒绿的场景。

门外有人在喊"走到最里面"，许磊照做。纸箱后面藏着个小楼梯，越往上走光线越亮，有一个人影站在楼梯出口，貌似戴着黑色墨镜。

等他走至出口，戴着墨镜的男人对着自己胸口的对讲机说："人上来了。"

许磊猜测他是对楼下那胖子说的。之后，许磊就跟着墨镜男人往前走，这是一条长长的走廊，两边是很多小房间。奇怪的是房间门都开着，里面也未有浓妆艳抹的卖淫女，多是一些正经按摩店才有的躺椅一类的物品。偶尔，许磊能瞥见一两个男人身着浴袍，坐在躺椅上休息。

墨镜男人带许磊走至走廊尽头，两人正对着一堵贴着玫瑰壁纸的墙壁。许磊刚想发问，墨镜男人在墙壁的挂画旁敲了两下，墙壁居然缓缓打开了。

原来是道暗门，藏得还真深。许磊心想。

"先换上浴袍。"墨镜男人话很简短，指着左侧的小房间。

许磊面露苦涩，身上可藏着窃听器，这一脱，可就跟外面失去联系了。

"能不能不脱衣服，浴袍我觉得不太干净。"

"行，那去挑姑娘。"

许磊不免心跳加速，犹豫不前。他只在大学谈过一次初恋，根本没去过会所。在接受今天的卧底任务前，他也只不过被扫黄组的兄弟拉着，补了补课。

墨镜男人见许磊踌躇不前，出声询问："第一次来会所？"

许磊匆忙点了点头说："大哥，你帮我挑吧，我没那么高要求。"

墨镜男人似乎没有跟客人聊天的习惯，径直将许磊带到一个房间，里面是类似普通宾馆的布置。只是卫生间内没有淋浴间或浴缸，在那个位置摆放了一张水床，许磊听扫黄组说起过，那是小姐用来做服务的设备。

章十四

墨镜男人准备走了,许磊赶忙叫住他:"我是孙天铭的朋友,能不能让他来见一下我?"

男人迟疑一下,随后下巴微动,算是点了点头。

等男人一走,许磊迅速走进厕所,将厕所门反锁,同时戴上耳机。

"苏队,能听见吗,孙天铭就在这里。"

"嗯,逮捕队都埋伏在会所外了。等孙天铭一来,你只要一喊他的名字,逮捕队就会立刻行动。你不用参与逮捕,继续装作客人就好,防止意外情况。"

"好的。"

眼看孙天铭即将被逮捕,许磊终日无法平复的心情更加紧绷。舒桐得知戚夕死讯时的神情,他依旧历历在目,像灼日般煎熬着他的胸口。

这时,房门开了。许磊隔着半透明的厕所玻璃门,看到一个黑影。过了几秒钟,应该是见房内没人,对方走到厕所门前。

"你好,在里面吗?"说话的是女声,还带着娃娃音。

"嗯,你等一下,我在上厕所。"

"好的。"

许磊将耳机收起,来回踱步,总不能一直躲在厕所里吧,太奇怪了。思量再三,许磊决定不管三七二十一,先拖到孙天铭过来。逮捕队行动之后肯定会发生混乱,自己趁乱溜走就行。

"还没上好啊?"过了几分钟,似是等得急了,女人又走到厕所门口。

"没有,你再等等。"

"那我先脱衣服吧。"

"别……再等我几分钟。"

门外没有回应,许磊索性直接推开门。

往左边看去,女人上衣已脱至腰部,上身只余下一件抹胸,香肩半露。许磊愣住,顺着女人裸露出的皮肤往下看,滑落的外套好像是一件中专的藏青色校服。

"你……多大?"

"还嫌我不够嫩吗?"

女人,不,应该说是少女噘着嘴说道,模样很可爱。可在许磊看来,简直惊悚,她竟然是个学生。

"你这是在做什么!"许磊匆忙捡起少女脱下的校服外套,披回到她身上。

"啊?"少女被许磊的举动吓了一跳,她更习惯客人脱她的衣服。

"你爸妈呢?是有人威胁你做这个吗?"许磊很生气,语气不自觉得开始严厉。

"提我爸妈干吗!"少女试图远离许磊,似乎很反感别人提起她父母。

"别怕,把话说清楚,我是……"许磊反手抓住少女的手腕,用力将她拽住。

章十四

警察两个字,许磊没有说出口。

"你要做什么,变态!不要碰我!"突然被许磊拧着手腕,少女惊慌失措起来,不断拍打许磊,像野猫一样朝他脸上乱抓。

许磊一个措手不及,被少女挣脱了。许磊紧跟着少女冲出房间,人却不见了。他靠着墙壁喘着粗气,愈发不懂现在的孩子都在想些什么。

"你脑子有问题?"墨镜男人出现在走廊拐口,少女躲在他身后,"不满意的话,我可以给你换,拉着她不放干什么!"

"王八蛋!"

"我看你就是找事!"墨镜男人从兜里掏出一根伸缩警棍,朝许磊走来。

许磊站到走廊中央,怒火中烧,他现在只想把对面男人的脸给打烂。

突然,许磊双眼发黑,骤然跪倒在地。另一名黑衣男人从他身后走出,手里拿着一个碎掉的酒瓶。

"王哥,这孙子是谁啊?"

"鬼知道,不知好歹的家伙!"

两人看着躺倒在地、仰面朝天的许磊,有血水正从他后脑勺流出。许磊眼神涣散,强撑着不让自己晕过去,"你们……这帮……畜生……"

"呦,这么正义啊。"黑衣男人直接一脚踩在许磊的咽喉上,"那你倒是起来打我啊,别光动嘴呀。"

许磊喘不过气,快要晕死过去。

"怎么了,不是要英雄救美嘛,咋不继续哼哼了呢。"黑衣男人脚上继续使劲,"告诉你,她是自愿出来卖的,老子可没强迫她。"

许磊面色涨得通红,他觉得自己胸口快爆炸了。这时,墨镜男人制止了自己的同伙。

"别把人搞死了,弄死了很麻烦。"

"行吧。"黑衣男人抬起脚,朝许磊吐了口痰,"这次老子放你一条生路。"

"这家伙说是孙天铭介绍来的,你见到那小子了吗?"

"早上还见过,慌里慌张的,还他娘的踢碎了老子一瓶啤酒。"

许磊翻过身,趴在地板上,咬牙切齿地吐出几个字。

"孙天铭!"

警察一脚踹开会所大门,鱼贯而入,抽着烟的前台胖子直接吓得从椅子上跳了起来,然后非常配合地双手抱头,靠墙蹲下,显然不是第一次被逮捕。

之后苏南才到,现场不断有警察出入,有咒骂声和脚步声从楼上传来,偶尔还夹杂着两声枪响。苏南吩咐随行的两名队友去找许磊,然后他看着前台的那名胖子。

"孙天铭在哪儿?"

胖子装聋作哑,避开苏南的目光。

章十四

"苏队,查过了,这里没有十三四岁的少年。"回答苏南的是胖子身边的警员。

苏南眼角余光扫向胖子,发现后者正看着会所正对面的一家宾馆。苏南快步穿过马路,走进宾馆大堂。

苏南亮出警徽,"这里有没有入住一名十三四岁的少年?"

"噢,那人刚刚退房了。"

"刚刚?往哪个方向走的?"

"那边吧。"宾馆前台小妹指了一个方向。

苏南再次冲出宾馆,一辆公交车刚巧从他面前驶过。他隐约看到一个人从车头的投币箱往公交车后座走去。

孙天铭?

苏南朝公交站台走去,快速浏览公交站牌,三路公交车的下两站就是火车站。这时,两名刑警扛着许磊走出会所,朝苏南靠近。

苏南取出对讲机。

"老林,你在哪个位置?"

"在火车站附近的商场,怎么了?"

"去跟火车站的工作人员协调,千万不要让孙天铭进站。"

"孙天铭朝这个方向过来了?"

苏南回答"是",林长清挂断对讲机,转身看向门外密集的旅客,临近年关,第一波返乡的人正赶往火车站。

| 二次谋杀 |

要从这么多人中找出孙天铭可不简单，相对的，孙天铭想混在这么多人中上火车可简单多了。

林长清向车站工作人员询问监控室的方向，迅速赶了过去。监控室中央，有一块巨大的显示屏，林长清说明来意后，请求工作人员一起帮忙寻找。

从监视器上能看到，有旅客在茶水间接热水、有母亲在给婴儿喂奶……

"老林，怎么样，人找到了吗？"对讲机里传来苏南的声音。

林长清看向监控右下角，苏南几人进入了车站内。

"没有，我在监控室。"

"那我让兄弟们散开，你来指挥搜索，特别是监控拍不到的死角。"

"好。"

林长清目光不断地在监视器上扫动，下达一条条指令，可就是不见孙天铭的人影。

"警察先生，二号进站口好像发生了什么。"

林长清顺着车站人员的目光看去，本该排队进站的旅客不知什么原因四散而逃。

"探头有别的角度吗？"

"等一下，摄像头能转动的。"

画面随着工作人员的操作慢慢转动，林长清看到人群中有一个女人背对画面，正逆流而上。

章十四

"你们谁离二号进站口最近!"林长清对着对讲机,几乎是吼着说道。

"许磊,快过去!"苏南的声音。

"好!"许磊的声音。

这时,监控画面终于调整完毕,林长清能清楚地看到人群四散逃离的源头是一名浑身带血的少年,正是孙天铭。而刚刚逆着人群的女人正迅速靠近孙天铭,手里握着一把长款匕首!

她是谁?林长清紧紧盯着画面。

许磊终于赶到,冲入画面中。

"你在做什么,阻止她啊!"

林长清看着许磊站在原地一动不动,仿佛静止了,他也没有回应林长清的话。

"拔枪啊!打掉她手里的刀!"

"林队……我……我做不到……"

二号进站口外,许磊看着女人靠近孙天铭,女人走得并不快,仿佛根本没瞧见许磊的到来。而许磊却对此无动于衷,拿在手中的对讲机不断传来其他队员的声音。

"许磊,给我拔枪!这是命令!听到没有!"是苏南的声音,他正往此处赶来。

许磊机械地拔出腰间的手枪,枪口平稳地指向前方,这是在警校练习过无数次的动作,现在做起来却格外艰难。

在许磊眼中，时间仿佛变得很慢很慢，孙天铭扒着地面，拼命扑腾，想远离那个死神一般的女人。

雪花飘落在女人的长发上，一阵风卷过，长发被吹起。许磊能看清她脸上的皱纹，比起一个多月前的相见，面容已如枯槁。

对！就这样，杀了他吧！

许磊扣在扳机上的食指慢慢放松，反而将枪口移向孙天铭。

砰！

枪响了，人群更加疯狂地四散逃离。刚刚冲出车站的苏南，又被人群给撞了回去，金边眼镜在人们脚下被踩得粉碎。

费了好一番功夫，苏南才来到许磊身后，后者依旧保持着开枪射击的姿势。苏南将他握着枪的那只手摁下。

"是你开的枪？"

许磊茫然地摇了摇头。苏南若有所感地看向二楼的窗口，林长清正站在那儿，手里握着枪。

女人腿部中弹，跌倒在地，匕首被摔到远处，她却依旧死死地抓住孙天铭的裤腿。孙天铭正哭喊着叫"救命"。

"到此为止吧，舒桐。"苏南握住她的手。

戚夕母亲无视苏南的言语，一口咬在苏南的手背上。苏南毫不闪躲，任凭舒桐更加用力地啃咬。直到被血呛得

| 章十四 |

喘不过气,戚夕母亲才松了嘴。

"我不能放弃……我女儿太可怜了……太可怜了……我要杀了他!我要杀了他!"

第十五章

手术室上方的红灯亮着,透过门上圆形的窗口能看见护士奔走而过,手里提着血浆袋,不断送入更里面的房间。

手术已经进行了七八个小时,林长清和五六名刑警一直等在门外。苏南已返回公安局复命,同时去调查戚夕母亲怎么会突然出现在火车站。

许磊头上缠着绷带,只能睁开一只眼,朝林长清走来。
"林队,我对不起警……"
"道歉的话,就等事情都结束之后吧。"
这时,里面的护士推开手术室的门,两张病床一前一后被推了出来。

真是嘲讽啊,林长清看着从麻醉中还未苏醒的舒桐和孙天铭,两人并排睡在两张床上,安详而宁静,仿佛先前

章十五

的仇恨都是过眼云烟。

"能把他们两个安排在两个病房吗？最好是不同楼层。"林长清看向医生。

"可以的。"

"你们两个，跟着舒桐走，别出乱子。"林长清又指着两名刑警，说道。

"是。"

就这样，刑警分为两批人，分别帮护士推着病床下楼。林长清能感觉到那两名刑警的眼神柔软下来，小心翼翼地推着舒桐向前。虽然从警察的立场，他们无法多说，可林长清能看到他们眼神中的敬意。

剩余的几名刑警同样是小心翼翼地推着孙天铭的病床，不过神情却截然相反，不像是推着病人，更像是推着一枚炸弹。

舒桐先被推出电梯门，林长清跟着护士一起来到孙天铭的病房。床头的监测仪器有规律地响动着"嘀嘀"声，刑警全部靠墙站着。

护士给孙天铭上完点滴后，就出去了，每隔半小时会回来查看一次。

"他还有多久能醒？"林长清问返回病房的护士。

"手术麻醉药的药效就快过了，应该马上就能醒。能不能请你们先出去一下，病房里真的不允许待这么多人。"护士表情不耐烦，只要她一进病房，林长清就会问出同样的问题。

"没办法,他的身份特殊,我们要在一旁监管。"

"我不管这孩子之前是做什么的,他现在是病人。要监管的话,你们去门口。"

林长清刚想张嘴反驳,护士的脸立马板了起来,这次似乎打定主意要把林长清等人轰出去。

"他是杀人……"

林长清制止了许磊继续说下去,挥手让众人先出去。现在人已经抓到了,没必要多添事端。

谁料,林长清刚要关上门,护士却喝住了他们。

"等一下,他醒了。"

林长清赶忙回到病床旁,此时孙天铭眼皮半睁,正茫然地看着护士。

"孙天铭,我是警察。"

孙天铭很缓慢地眨了两下眼,才将视线挪向林长清,没有张嘴。

"我是警察,孙天铭你能听见吗?"林长清又重复了一遍,要不是护士还站在一旁,他都想摇醒这个混球。

孙天铭眼皮翻了又翻,依旧没有动静,貌似又要睡过去。

"别给我睡过去,回答我的问题!"林长清突然提高音量,惹得护士一阵皱眉。

不过,林长清的话起作用了,他能看见孙天铭眼中的

章十五

茫然正在被惊恐所覆盖。直到最后，孙天铭的整张脸都扭曲成了一团，嘴张得很大，却没发出一点声响。

"你想说什么？"林长清侧着头，贴近孙天铭的喉咙。

"不……不……不是我……我杀……的她……"

"谁？你在说谁。"不顾护士的阻拦，林长清抓住孙天铭的肩膀。

"不是……我……我杀的……戚夕……"

床头的检测仪器开始剧烈响动，"嘀嘀"声变得很不规律。

"不能再继续问下去了，请你出去。"护士挡在林长清和孙天铭中间。

"最后一个问题。"林长清推开护士，用手轻拍孙天铭的侧脸，"告诉我，戚夕是怎么死的？"

"刀……刀……刀在她……她身上……"

没说完，孙天铭就彻底昏睡了过去。

"够了。"护士忍无可忍，直接叫来两名男护工，将林长清等人轰了出去。

站在房门外的走廊，众人看着林长清，许磊先忍不住发问："林队，那小子怎么说？"

孙天铭的声音很轻，他们都没太听清，林长清将随身的录音笔递了过去。几人听完以后，脸上都浮现出松了一口气的神情。

因为孙天铭的话，等于变相承认了自己的谋杀。

只是，刀？

难道孙天铭返回美术室后，又用刀刺杀了戚夕，所以现场会留下那么多血迹？

这时，刺耳的高跟鞋敲打地面的声音在走廊间响起，一名身着职业装的女人快步向林长清等人走来。

"我儿子人呢？"

林长清也不知道秦蕊是从哪儿得到的消息，他指了指里面，后者匆忙推开病房门。林长清跟了进去，驻足在房门口。

眼中噙着泪水，秦蕊握着孙天铭的手，几乎失声痛哭。

"别怕，妈妈来了，妈妈在这儿，不会有人再害你的……"秦蕊抚摸着孙天铭的脸颊，喃喃呓语，"别怕，别怕……"

林长清退了出去，他现在感觉很累，想下楼去透透空气。

这所私立医院的中央有一座小花园，还有儿童游戏区。林长清挑了一张长椅坐下，朝远处的山顶望去，舒缓持续紧张的神经。

下雪之后，周围都是白茫茫的一片，没什么人愿意留在室外。

只有一对父子，正在离林长清不远处的滑梯附近。男孩四五岁的样子，身上套着一件羽绒服，能从领口看见里面的病服。此时他正站在滑滑梯上，一脸犹豫的样子。

章十五

父亲站在滑梯下方,张开双手,"没事的,快滑下来。"

男孩还是扭捏地站在原地,一靠近滑梯边缘,就又退了回去。好像是有些恐高吧。

"怕的话,背对着爸爸滑下来吧,爸爸会接住你的。"不管男孩如何迟疑,父亲一直在鼓励他。

过了将近十分钟,男孩才畏畏缩缩地坐到滑梯口边缘,转过身,闭上眼,终于一鼓作气滑了下去。父亲在底下接住他,满脸笑容地将他举过头顶,好似男孩完成了一件了不得的事情。

有了第一次的尝试以后,男孩勇敢了许多,又爬上滑梯。虽然每次都是闭着眼,背对着地面才敢滑下去,但他不再犹豫了。

因为他知道父亲会稳稳地接住他。林长清这么想着。

宁静只持续了片刻,许磊通知林长清的第一句话,就让他已松弛的神经瞬间紧绷。

"林队,找到戚夕的尸体了……"

林长清一边拿着电话听许磊汇报情况,一边跨上警车。等赶到孙天铭曾居住的宾馆后,春秋市的刑警队已经控制了现场。林长清亮明身份后,穿过宾馆大堂,步上电梯。

在五〇四号房门外,林长清见到了许磊等人,几人脸上带着焦急。

从房内走出一个剃着寸头的精瘦男人,跟林长清打招呼:"你好,是林警官吧,我是这边的负责人。"

"你好，叫我老林就行了。"

苏南回公安局复命，留在春秋市的人现在都由林长清负责。

"等法医到了，我们再一起进去，我的同事正在拍照取证，人多容易破坏现场。"精瘦男人点了点头道。

在春秋市，案子该由春秋市公安局负责组织调查，林长清明白规矩。

"看过死者了吗？"

"嗯，根据你们提供的资料照片，应该就是被害人戚夕的尸体。"精瘦男人皱起眉头，"只是有点奇怪。"

"怎么奇怪？"

"法医来了，他比我解释得清楚。"男人指着林长清背后。

一名头发灰白的老者走出电梯，听男人介绍，老者是医学院的老教授，干了四十多年的法医工作。老者先是上下打量了一下林长清，然后伸出手。林长清也跟着伸出手，去握老者的手掌。

谁知老者径直走过林长清身边，向他背后的男人走去，两人握手交谈。林长清有些搞不懂老者对自己的态度。

不过这点小事也无所谓，林长清和几人戴上手套脚套，一起步入房内。

尸体躺倒在房门另一侧的地板上，被床挡住了大半的身子，只露出一双小脚，没有穿袜子，脚底细嫩而白净。

章十五

看到这儿的时候,林长清已然察觉到不对劲,心中开始有不好的预感。

"怎么了?"男人拍了拍林长清的后背,奇怪他为什么站着不动。

千万别是自己想的那样,林长清在心中祈祷。

慢慢挪动步伐,林长清喘着粗气,尸体的全貌在他面前展开。事实摆在眼前,由不得他来否认。但他不死心,俯下身子,用力掰开尸体僵硬的下颚。

口腔内的牙齿很整齐,根本没有虎牙。

"他妈的!"林长清朝墙壁挥了一拳。

男人和老者疑惑地看向林长清,问道:"有什么问题?"

"死者不是戚夕,是她的双胞胎姐姐杜月。"林长清捂住自己的双眼,不想承认这个现实。

都不用老者来进行法医鉴定,戚夕的死亡时间超过一个半月,尸体根本不可能保存得如此完整。

该死的,到底发生了什么?

林长清站起身,腾出空间给老者检查尸体,而他则走进卫生间,将脸埋在一盆凉水内。林长清努力让自己冷静下来,现在没有时间失去理智。

一、二、三、四、五……

憋气默念到一百,他才重新走出卫生间。

"是他杀,错不了。"老者站起身,指着尸体背部的一把匕首,"刀口的位置,不可能是自杀。"

林长清走过去，看到老者指着的地方，是杜月背部的左上方，也就是心脏的正后面，插着一把匕首。

"肩膀韧带比较好的人做不到吗？"精瘦男人问老者。

"不可能办到的，或许有人能反手够到那个位置，但是这和握着一把匕首用力刺下去是两码事。"老者请一名手拿相机的刑警对着刀口的位置拍照，"而且，刀口很平整。你是知道的，自残造成的伤口一般都是锯齿状的，因为本能的疼痛会导致肌肉收缩，刀口绝对不是现在这个样子。"

老者看向林长清，语气充满敌意，"这是被人从背后一击刺杀才能形成的伤口。"

随后，老者继续检查尸体的其他部分。林长清坐在靠窗的铁桌上，头脑开始冷静地转动，他环顾室内，并未发现任何可以固定匕首的物品，也没有发现冰块或胶水的痕迹。

没有伪造自杀的可能。

林长清在思考的时候，一名警员带着一台笔记本电脑走了进来，精瘦男人动了动下巴，警员将笔记本电脑放到林长清身旁的桌上。

是宾馆两天内的监控录像，警员加快播放速度。摄像头位于这层电梯门的上方，只要有人上楼，就会出现在画面左下角，然后朝画面右上角的走廊尽头走去。林长清能看到画面中的五〇四号房。

"停一下，往前倒退十分钟左右。"林长清摁下暂停的

章十五

空格键。

警员听从林长清的指挥,将画面定格在了杜月刚出电梯门的时候。之后,身着长款白色羽绒服的杜月,走至五〇四号房门口,停留了几分钟。林长清看她的动作,估计是在撬锁。

走进五〇四号房后,杜月再也没有出来。林长清看了一眼录像上的时间,四点五十分。将近一小时后,孙天铭走出电梯门,径直走进入住的五〇四号房,离开了画面。不到一分钟,孙天铭再次从房内冲出,靠在走廊的墙上,虽然监控录像没有声音,但他惊恐的表情已经说明了一切。

影片继续加速播放,除了孙天铭反复进出五〇四号房,画面中没有其他人出现。

"又让这小子杀了一人,你们这些警察他妈是怎么办案子的?"老者几乎是指着林长清骂道。

林长清没有说话,男人站出来试图缓和气氛。

"王教授,先别动气,咱有话好好说。"

"有什么好说的!尸体死亡不超过十个小时,他妈的,你们这帮子警察到底在干什么。"老者动起怒来,连男人都骂,"你们从昨晚到现在就埋伏在宾馆外边,一百多个警察,怎么连个初中生都抓不住!"

"王教授……"

"别他妈叫我,老子不认识你。犯人就在眼皮底下,还让他杀了第二个无辜的人,你是瞎了吗?!"

林长清终于开口:"是!你说得对,我没资格做警察!"

老者这才冷哼一声,精瘦男人赶忙上前搭话:"尸体死亡不超过十个小时?"

老者暂且忍住继续发火的气头,对着林长清和精瘦男人说:"十到八个小时,案发时间你自己推算。"

精瘦男人看了看腕表。"那就是今天凌晨三点至五点之间。"说完,他指着一名年轻警察,"愣着干什么,快记下来啊!"

年轻警察一脸吃土的表情,匆忙拿出随身的小记录本,然后又犹犹豫豫的,好像无从下笔,"那个……今天是几号?"

"一月二十四。"

一月二十四?

霎时间,林长清的心被什么猛然揪紧。他呼吸困难,头痛难当。

一月二十四,这个日子……这个日子……

他夺门而出,电梯刚好来到此层,一把推开等候在电梯前的警员,林长清几乎疯狂地摁着通往底层的按钮。

以极限的速度,林长清驾驶警车朝高速公路冲去,他觉得自己全身都在颤抖。

车速依旧不够快,他拉响警笛,闪烁的警灯在高速公路上留下道道残影。马不停蹄之下,林长清只用一个小时就返回了公安局。

章十五

一脚急刹,车胎猛烈摩擦着地面,警车斜停在门口。站岗的警员提示林长清不能这么停车,后者则完全无视他,眼神直勾勾地朝自己办公室走去。

林长清几乎拆掉自己的办公室,终于从书柜的最底下翻出一份资料——那是审问李海和邱实时,许磊整理出的三人资料。

"这就是你放跑他的目的吗?"林长清嘴中呢喃,盯着孙天铭名字下方的那行字。

男,十三周岁,生日一月二十三……

杀死杜月的时候,孙天铭已满十四周岁。

章十六

"这就是你想做的?"十三站在厨房内,问何遇。

何遇没有回答十三的问题,端详着手中的短刃,上面的血迹早已凝固,呈褐色覆盖在刀刃上。这是他用来杀死戚夕的那把刀。

"只差最后一步了。"

何遇手指轻弹刀身,血痂随之抖落。

"能不能别再盯着那把破刀发呆了,你都快看了一整天了,上面是画着美女还是怎么着。"十三阴阳怪气地叫道,手里还握着厨房的菜刀,"咱能先做饭吗,我快饿死了。"

过了许久,直到十三觉得自己快饿晕过去的时候,何遇才放下那把短刃,起身走进厨房。

"我以为你只用吃苹果,就觉得饱了。"何遇调侃十三。

| 章十六 |

厨房的砧板上放着一整只洗净的生鸡，上面满是横七竖八乱砍的刀痕。何遇拎起鸡腿，将生鸡翻到另一面，发现从它背面看过去，这只生鸡似乎还很完整。显然，十三只会用蛮力乱砍，根本没将鸡肉切开。

被何遇看得有些不太好意思，十三尴尬地挠了挠后脑勺，将菜刀递给何遇。

何遇没接过菜刀，反而是从刀具架上取下一把削皮的小刀，"你没听过庖丁解牛这个成语吗？筋骨之间是有空隙的，并不是盲目使劲就可以的。"

十三注视着小刀在何遇手中灵活翻转，感觉就像是在何遇指间跳舞。斜顺着鸡肉的肌理结构，小刀轻巧地劈开筋骨间的空隙，再沿着骨节间的空穴使力，一只鸡腿就被完整卸了下来。

不出一分钟，整只生鸡就被何遇肢解了大半。

"你这个样子，真像是妈妈在做饭。我记得小时候，妈妈经常会煲鸡汤给我们喝。"十三凝视着何遇的侧脸。

"那个时候，你就在了？"何遇没回头，继续切着鸡肉。

"嗯。"

"你记得母亲死时候的事？"

"记得。"

何遇放下小刀，鸡肉已经被分解完毕，一块块摆放在砧板上。有血水从鸡骨夹缝中渗出，沿着砧板边缘滴落到地板上。

蹲下身，何遇抹净那滴血渍。

"能告诉我，发生了什么吗？"

苏南穿过门廊，向站在客厅中央的鉴定人员发问。

邱实家中，桌椅倾倒，满地玻璃碎渣。鉴定人员正抬起断裂的木制餐桌，露出下方盖住的一块血迹。

"你都看见了，她根本就没想隐瞒什么。"鉴定人员站起身，面对苏南道。

"有证据吗？"苏南避开倒下的家具，走进客厅。

"到处都是，她就没想过收拾。"鉴定人员指着碎裂的镜子、被扯下的挂画、移位的地毯，"都是她的指纹和鞋印。"

"武器呢？"

"那个。"鉴定人员指着沙发，上面放着一根木棍。

苏南戴上橡胶手套，拿起木棍。木棍一端都是断茬，侧面血迹斑斑。是随手捡起了断掉的桌腿吧。

"那个孩子怎么样了？"苏南叹了口气。

"在重症监护室，还没醒。"

苏南转身将木棍放进封装袋，脚下好像踩到了什么东西，他弯腰捡起。

是邱实的手机，屏幕碎了，开不了机。

苏南环视四周，仿佛看见舒桐破门而入，不断地朝邱

| 章十六 |

实发泄自己的愤怒。即使对方是个孩子,即使他哭着求饶,舒桐也没有停手。

是从邱实口中得知了孙天铭的下落吧。苏南握着手机,屏幕上倒映着这个碎裂的家。

苏南走向阳台。

太阳高悬,空气却冷极了,惨白的冬日阳光下,远处的公安局好似一座石头筑成的坟,毫无生气。

苏南驾车返回那座坟地,额头的旧疤和手背的新疤,很疼。

苏南走进一片狼藉的办公室,林长清正跌坐在一堆纷乱的纸张中。

"老林,你……"

林长清站起身来,仿佛旁若无人,眼神直勾勾地盯着纸张中的某处。苏南随着他的目光去看,林长清从纸张底下捡起一本小册子,封面泛黄,好像有些时日了。

这时,一名警员走了进来,手里拿着电话。

"林队,找你的。"

林长清接过电话,苏南不知道他说了什么。林长清只是"嗯"了两声,就走出了公安局,好像又要赶回春秋市。

"打电话来的是谁?"苏南问那名警员。

"春秋市公安局的法医。"

返回春秋市的林长清没有见到老者。在解剖室外,他见到了杜月的养母,解剖室的门半开着,就这样,她透过那道门缝看着躺在冰冷解剖台上的杜月。

杜月养母脸上没有悲伤,惨白而麻木,或许是再也哭不出眼泪了。

林长清走近她,听到她嘴里念念有词。

"我不该让月月去见她的……不该去见她的……"

"孩子想去见她亲生父母,你拦不住的。"

"我该知道的……知道她会这样……"杜月养母神情恍惚,眼神涣散,"她去见戚夕的那天,给我打了一个电话,什么话也没说,只是叫了我两声妈,那时我就该知道的……应该知道的……"

听杜月养母把话说完,林长清的大脑条件反射般捕捉到其中的一个重要信息。

"杜月见戚夕的那天,打过你电话?什么时候?"

不管林长清如何追问,杜月养母只是呆滞地看着解剖室内。情急之下,林长清拿过她手中的拎包,后者仍一点反应都没有。

翻开杜月养母的手机记录,林长清逐一拨通那个时间段的电话。直到听到如下声音后,林长清放下了手机。

"你好,星空电影院,请问有什么可以为你服务的吗?"

听到对方的回复,林长清已经没有回答的必要,直接挂断电话。手机上的记录显示上次通话时间是十点十五分,持续了五分钟。

戚夕尸体出现的那天,杜月是借用电影院的电话给她

章十六

养母打的电话,她真的看了那场电影。现在,杜月和何遇都拥有无可辩驳的不在场证明。

怎么会……镜子理论也行之不通……

林长清感到自己仿佛正身处迷雾,再努力地向前探索,迷雾之后,依旧是迷雾。

这时,老者从内走出,林长清以为他是想催促自己进去。

"不用进去。"老者摆了摆手,看了一眼杜月养母后,刻意压低声音道,"尸体没有疑点。"

待二人走离解剖室后,林长清忍不住问道:"那有问题的是什么?"

"这个。"老者手里拿着一个装证物的塑料封装袋,里面装着那把匕首。

林长清接过匕首,没发现什么奇特的地方。见林长清不明所以,老者拿回匕首,握住刀柄,刀尖朝上,竖着放到铁窗台上。随后,他松开了手。

匕首直直地竖立在窗台上,丝毫没有倾倒的迹象。

"怎么会这样?"

"刀柄被人改装过,里面加装了强力磁铁。"老者背着手,捋了一下胡须,"你知道这意味着什么吧?"

他当然知道这代表什么,林长清盯着刀尖折射出的那一点光芒,刺痛他的双眼。

为什么要做到这种地步,你有这么恨他吗?为了将他送进监牢，杜月，你可以连自己的性命都不管不顾吗？

窒息感向林长清汹涌而来。

迷雾中，一具少女的尸体躺在林长清面前，白雾从她的每个毛孔侵入，蚕食她的血肉。可林长清却无能为力，他呼吸困难，痛苦地跪倒在地，眼睁睁看着少女的血肉被剥去，只余下一副骨架。

风吹过，断骨湮灭。一张少年的面孔在雾中若隐若现，脸上一丝表情都没有。

"告诉其他人了吗？"沉默良久，林长清问老者。

"没有，你是除了我之外，第一个知道的人。"

"请你先对这件事保密。"

"给我一个理由。"老者将匕首从窗台取下，重新装进封装带。

"我一定要查清她为什么这么做！"林长清指着那把匕首。

"跟你们相比，我果然是太老了啊。行吧，我答应你，这件事在你查清之前，我不会跟任何人说。"老者眯着眼点了点头，嘴角扬起微笑。

老者背过身，准备返回解剖室，林长清却叫住了他。

"还有事？"

"如果你不忙的话，能否占用你一会儿时间。"林长清手里拿着那本泛黄的小册子。

几分钟后，老者将自己堆满杂物的办公桌清理出一块

章十六

干净的区域，勉强摆上一张借来的棋盘。

老者执红方，率先兵三进四，然后疑惑地看着落座在对面的林长清。后者正翻着那本小册子，过了好一会儿，才动子。

"我说，明明是你让我陪你下一盘棋，能不能专心一点，没听说谁是边下棋边翻书的。"

"您老不用在意我，接着下就好。"

这家伙不会是想故意放水吧，老者边想边车一进二。林长清又是过了好一会儿，才挪动棋子。

如此这般，对弈了几轮之后，黑方明显处于弱势，比红方多折损了一马一炮。林长清的棋风杂乱无章，老者愈加觉得林长清是在故意放水，小瞧他。

这时，林长清终于若有所思地放下那本册子，老者瞧见册子封面上貌似写着名字，是两个字的。

林长清似乎准备改换战术。老者屏气凝神，盯着林长清手中的棋子。

林长清车三进六，一改先前的守势。

看到林长清下完这一步，老者面色一愣，确实被惊讶到了，不过随后他哈哈大笑起来。

"你以为我会上当吗？"老者端起茶水，小抿一口，"故弄玄虚！"

老者一边牵制林长清的车，一边继续发动攻势，用一马兑掉对方的一马一车，离将军只差最后三步。

老者早就发觉林长清杂乱无章的棋法中,肯定埋伏了陷阱。虽然林长清那一手进车,老者确实没预想到,不过无法打破当下的胜负局面。

红方双车双炮一马,对黑方一车一炮一马,除非老者出现重大失误,不然林长清没有赢的机会。

林长清马六进七,捉老者的双炮。老者却发现黑方布局上的漏洞,果断以一马兑掉对方一炮一马。此时,黑方只余一车可进攻,红方还有双车双炮,而且还有三兵。老者已立于不败之地,只差两步就可赢下这盘。

这时,林长清突然抢先一步将军,老者这才意识到林长清上一步的马不是为了捉他的双炮,而是为了给自己的车挪出进攻路线。

牺牲一炮一马,居然只是为了给车让道?

老者拿起自己的炮,试图防守,却猛然间发现,自己所有的棋子都要比林长清的车慢上一步,都成了无用的死棋。

这是什么时候的事?老者心想,随之回忆之前林长清下的每一步棋。棋法步步展开,老者内心开始惊颤。

林长清不光牺牲了一车一马,他牺牲了除一车外的所有棋子,只为了比对方快上这一步。老者抬起头,怔怔地看向林长清。

"不用再下了,我输了。"老者向后靠到椅背上,放下手中的棋子。

章十六

"您还有机会的。"

"客套的话就别说了,你难道还会给我再次喘息的机会?"老者拿起茶杯,吹散漂浮着的茶叶,"从一开始,你就是想走到这个局面吧。之前你所有的步数,都是迷惑之举,将我的棋子引诱分散成这般你设想的局面。"老者一口气将茶水喝得几乎见底,"为此,你甚至把将帅摆到一个极度危险的位置上,连它都是诱饵!"

林长清没有回答,只是盯着那本泛黄的小册子。

"这种下法,我做不到,自愧不如。"老者捋着胡须道。

"厉害的人不是我。"林长清幽幽地说道

"什么?"

"我只是在按照这本册子上的棋谱,下每一步棋,所以跟你下棋的人并不是我。"

"什么棋谱,这么厉害,借我两天研究一下。"老者眼神一亮,从林长清手中夺过册子,"何遇?是这家伙编的棋谱吗?名字写得还真丑。"老者指着册子封面上的名字,字迹歪歪扭扭。

"没办法,他当时只有六岁,只会写自己的名字。"

"什么!你说这个家伙只有六岁?"老者直接喷出一口茶水。

"现在不止六岁了,长大了……"

"所以你是说,老子输给了一个六岁的小屁孩?"老者双手撑在桌上,似乎不想面对这个可笑的现实。

随后，林长清看到老者像泄了气的皮球般瘫软在椅子上，就像看见了当年的自己。

那是何遇生母出事后的一段时间，何遇暂住在他家内。偶尔，林长清会和何遇下棋，只不过当林长清教会何遇下象棋后，林长清一次都没有再赢过何遇。

而且每次何遇总能以林长清想象不到的方式发起反攻，为此，林长清还将何遇的棋法记在这本册子上，研究了一番。

可依旧是惨败，当时林长清问何遇是怎么想出这样的棋法的？

年幼的何遇歪着头回答："林叔，这不是你教我的吗？"

"嗯？我教了你什么？"

"不管怎么下每步棋，只要吃掉对方的将帅，我就赢了啊。"

当时的林长清只能无奈苦笑，这还确实是他教给何遇的。只是没想到何遇将这句话发挥到了极致——最终目的只有一个，吃掉对方的将帅，至于其他的棋子，都可以当作诱饵，兑换掉、牺牲掉，无所顾忌。

吃掉将帅，其余皆是诱饵。这句话在林长清头颅间久久回响。

难道？

林长清突然站起身，吓了老者一跳。林长清拿着手机来回踱步，老者不知道林长清打给谁。

章十六

"喂,我想问一下……"

老者看到林长清的提问被对方打断了。

"我知道你离职了,我想问的事没有那么麻烦。你之前在学校是教生物的吗?"

"……"老者听不见电话那头的回答。

"生物教室里面是不是有……那个……就是人体模型?"

"……"

"生物教室在哪栋楼?"

"……"

"好……好的。"老者听到林长清的声音在颤抖。

放下电话的林长清,心中狂风大作,眼前的迷雾渐渐被吹散。

章十七

看守所的一间接待室内,所长正与一名身穿西装的男人争吵。

"不允许!"所长几乎是拍着桌子说道。

"所长,她的情况特殊,她不光是犯人,也是被害人的家属啊。"

"没用的话你就别再说了,你是律师,你懂规矩的。家属不能见犯人,这是看守所定下的规矩。"所长指着门外走廊,杜月的养母站在那儿。

"她们不是亲属关系。"男人犹豫几秒,眼神一转。

"不是吗?"

"不是的,杜月和戚夕是双胞胎姐妹,她只是杜月的养母,跟戚夕的母亲又没有亲属关系。"男人摊开掌心,刻意

章十七

忽略了她们的表亲关系。

"所以她们不是亲属。"男人又补上一句。

他们继续就着此事争论,完全没注意到,杜月养母听完男人的解释后,张口试图反驳,可是又犹豫不前、欲言又止的神情。

五分钟后,在男人的反复解释下,所长松口了。他允许她们见面,但是只有十分钟的时间。

男人将杜月养母带到探望室外,摆出一副哭丧的神情。

"我刚刚可是赌上了我的职业前途啊。"

"谢谢你了,张律师。"杜月养母递给他一个信封。"这是说好的报酬。"

见到圆鼓鼓的信封,男人的脸色这才舒缓一些。

杜月养母独自推开门,走进探望室。

首先映入她眼帘的是一整片铁栅栏,将方正的房间分隔成两块区域。此刻,房间内只有她一人,她在铁栅栏前挑了一把椅子坐下。

凝视着栅栏对面的那扇生锈铁门,她深呼吸一口气。十年未见,她不知该以什么样的面目对待她。

可等铁门缓缓开启后,她发现担心是多余的。舒桐几乎是被两名狱警半拖着,抬到座位上,仿佛已是一具死尸。她耷拉着脑袋,双眼空洞,从她身上感觉不到人的气息。

"表姐……好久不见了……"

童闺的声音弱不可闻,如碎石入海般,没有激起舒桐脸上一丝波澜。

"没想到……我们会以这样的方式见面……"

舒桐依旧如死水般没有反应。

"今天是法院开庭的日子,我会以你和我的名义出席。很可惜,他没死,只截掉一条腿……"

童闺咒骂着孙天铭,舒桐一言不发,连坐姿都维持不动。

"老天不开眼!他真该就这么死了。"童闺咬牙切齿,双手抵着栅栏,"另外那个邱实,现在还在昏迷。你安心在里面等着,我会帮你找最好的律师。"

童闺想伸手去触摸舒桐,可栅栏间的缝隙仅容她伸进一根手指。"如果你在里面有什么需要的话,让律师转告给我……"

十分钟,一直是童闺在说话,已经有狱警站到她身后,提醒她探望的时间到了。

"再等我一下。"童闺对狱警说,又扭回头看着舒桐被另两名狱警抬离座位,"表姐,对……"

舒桐被人抬起的身子摇晃一下,恰好对上童闺的目光。童闺咬着嘴唇,最终还是没说出"对不起"三个字。

她对不起舒桐,没有照顾好杜月。

童闺走在长长的甬道内,灰色的墙壁,灰色的地面,灰色的屋顶……

亮光向她袭来,前方是看守所的出口。有一个人影站

章十七

在那儿，影子拖得很长，童闺一脚踩在影子的头颅处。

待童闺走近，女人跪在她面前。

"求求你放过我儿子吧……你想要什么都可以，下半辈子我可以给你做牛做马，我来偿还……放过他吧，他还是个孩子……"

"滚。"

童闺擦着她的肩膀走过，留下秦蕊在原地痛哭流涕。

"滚！你们都给我滚！"邱实母亲拿起一切手边的东西，朝医生砸去，"他明明还活着，你们凭什么说他死了！"

"您儿子已经脑死亡……心跳再过不久也会……停的……对不起，我们已经尽了最大的努力。"

医生和护士退出邱实的病房，床头的心跳仪依旧波动着。

"儿子，没事的，我给换另一家医院，没事的，你会好起来的……"

距离开庭只剩十分钟的时候，林长清跟许磊说要先走。

"林队，你不看庭审结果了？"许磊诧异问道。

林长清很早就到了法院，许磊以为他是迫不及待想知道审判的结果。

"不用了，有你和苏南在就好。"林长清头也没回。

许磊没有看见关门之后，林长清凝重的神情。

马上就结束了。走上法院二楼的时候，林长清对自己说道。

他在法院内兜转,直到在三楼的小窗边,他见到了预想中的人。林长清走至他身旁,从窗口向内望去,能看见整个法庭的全貌,庭审人员正陆续进场。

"知道我会来这儿?"

"你不会错过自己的战利品。"

此时,坐在轮椅上的孙天铭正被两名警员押至法庭,他戴着手铐、脚铐,即便他只剩一条腿。

林长清看到何遇嘴角上扬。

法官入席,所有人起立,审判开始了。林长清和何遇透过窗口,默默看着这一切,仿佛眼前的事件已无关他俩。

"杀死戚夕的时候……你没有犹豫过吗?"林长清点燃香烟,嘴唇轻启。

许久,他也没有得到何遇的回复。他很肯定何遇听懂了问题的意思,但何遇此刻正在想些什么,林长清却像面对陌生人一般,无法揣测。

"又是侦探游戏吗?"何遇仰起头,露出天真的笑容。

林长清猛吸一口香烟,烟丝发出"滋滋"声响。

"推着杜月去死,你不犹豫吗?"

"林叔,你在说些什么。"何遇咧开嘴笑了,露出洁白的牙齿,"我好像跟她俩不熟吧。"

燃着火星的烟头坠地,在瓷砖上留下一块乌黑的印记。林长清转过身,盯着何遇的笑颜,拼命地找寻惊讶、愧疚、

章十七

抑或悲伤的神情，但是他失败了。

何遇，仅仅是在笑。甚至连开心的神情都没有。

"人是因为开心才会笑，会笑并不代表着开心。你真的体会不到这种感觉吗？"

"在我看来，开心和会笑是等价的，不过，林叔你的解释很有趣。"

又燃起一根烟，焦味携着回忆，涌入林长清的体内。

"我没想到，你母亲的自杀，会彻底扭曲你的人格，连善恶都分不清……"

"林叔，你好像一直搞错了什么吧。"何遇打断林长清的话，"不是我母亲的自杀，而是我杀的母亲。"

"你……想起来了？"

"还要解释得更清楚些吗，我生来就是如此。"

林长清感到自己的心脏猛地颤抖一下。

何遇依旧笑着，"你是不是还要问，我有没有犹豫过？"

面对何遇的反问，林长清自嘲一笑。是啊，自己有什么好惊讶的，他是什么样的人，早就有了定论……

何遇又将视线转到法庭上。此时，苏南正走至法官面前，搬至中央的液晶屏上播放着那段流传甚广的威吓录像。

苏南将一瓶装着氯仿的瓶子递给法官的时候，何遇问林长清："所以，你现在是想凭我五岁犯下的谋杀，来逮捕我吗？"

看着何遇的侧脸，林长清觉得现在说什么都晚了，但他必须要继续。

这是他身为刑警的职责！

法庭中央的录像还在播放，苏南将画面定格在戚夕被孙天铭三人拖行的时候，后面的内容不适合当众播放。

画面中，戚夕身体扭成一团，犹如被挤压变形的布娃娃。

"那天晚上，你将戚夕分尸了。"林长清的语气冰冷，不再掺杂任何私人感情，"你去便利店买那么多东西，是为了有足够的塑料袋装尸块，分批运走，所以现场没有留下尸体转移的痕迹。"

"现在讨论这个有意义吗？"何遇的语气同样冰冷。

"有极大的意义，没有这个前提，你根本不能让尸体出现再消失。"

"想假定我是凶手的话，林叔，你貌似忘了尸体出现时，我根本没有机会接近美术室吧，我可全程都在参加考试。"

"同一个人在同一时间只能出现在同一地点。"

林长清又说出了那句话，何遇侧目。这时，法庭上的苏南正在向法官解释孙天铭没有不在场证明，以及作案动机。

"怎么？你不会是想说，这句定理是错误的吧。"何遇伸出两根手指，跟林长清开玩笑道，"我难道还有分身术？能在同一时间出现在两个地点？"

章十七

"所谓不在场证明，完整的解释是，拥有除了案发现场以外的证明。尸体出现时，你的确是在考场，也确实未到过美术室。"林长清转过身，迎着何遇嬉笑的目光，"可尸体从未在美术室出现过，你又哪儿来的不在场证明？"

林长清终于从何遇脸上看到了惊讶，虽然只有一瞬间。

推测没有错误，林长清心想。

何遇避开林长清的目光。"你指杜月使用镜子假扮戚夕，欺骗了目击者的眼睛？那这是她单独做的事，跟我又有什么关系。"

"从来都没有什么杜月假扮戚夕，被目击到的尸体就是戚夕。"林长清盯着何遇的双眼，一字一句地说道。

何遇的神情停滞了。

"杜月一直是你手中的棋子，自始至终，她都有充足的不在场证明。你也从未给她制作过虚假的不在场证明，恰恰相反，你一直在做的，是在刻意掩盖她拥有不在场证明的事实，引诱警方掉入推翻不在场证明的陷阱。可尸体出现时，她的不在场证明本来就是真实的，警方又如何能够推翻？"

"甚至，连你不在美术室的证明都是真实的。"林长清伸出一根手指，指向何遇。"但，这都是你一人所为。"

"你这番推测如果让法官听见了，貌似会更加坚定孙天铭的犯罪事实吧。"何遇拨开林长清的手，将他的手指移向法庭中的孙天铭。"你说了，我的确是在考场，也确实未到过美术室。"

"我也说了，尸体从未在美术室出现过。"林长清深呼吸一口气。"尸体出现的真正位置是在考场上。"

空气仿佛凝固，只有林长清指间的香烟在缓慢燃烧，升腾的烟雾缭绕在二人周身，仿佛是一层白色的牢笼，禁锢二人。

"哈哈哈，这真是一个有创意的设想。"何遇打破沉默。

林长清不知道他是以什么心情在说这句话。在他眼里，这只能算是有创意吗？

"将一具尸体从那间美术室内移除有很多方法，可是你偏偏挑了最困难、最冒险的那种，一般人连想都不会想，就会否决的方式。"林长清转过身，朝走廊的尽头望去，那里贴着镜子，重重反射之下，走廊变成了无限长。

林长清凝视着那无尽的尽头。

"谁能想到，居然有人会带着尸体去上学、去考试。从未有人怀疑过你的书包里装着的不是书籍，而是一颗头颅，戚夕的头颅。"

"你还没有解释，既然戚夕的尸体，准确地说是尸体的一部分被我带进了考场，那目击者看到戚夕在美术室是怎么回事。"

何遇漫不经心地回道，似是又想起什么。

"还有那张照片。"他补上一句。

"同一个人在同一时间只能出现同一地点，我没想到，

章十七

你最终替换掉的是空间。"林长清透过走廊的镜子,看到无数个自己和何遇。"你在考场上伪造了另一间美术室,用来替换真实的美术室。换言之,目击者在教务楼看见的戚夕,根本不在美术室内,是另一间教室。"

"用两天的时间制造另一间美术室,这种事有可能吗?还能不被人发现。"

"能办到。"林长清斩钉截铁地说道。"你只用一秒钟就能造出一间美术室,再用一秒钟来销毁它。"

林长清重新面向何遇。"你很喜欢看老电影吧,特别是早期电影。那个时候电影还不会有特效,置景也不够精良,如果碰到无法拍摄的场地,电影公司通常的做法是做一块背景板,让演员站在背景板前进行表演。你就是学习了这种方法,制作了一块完美无瑕的背景板。"

何遇没有说话,居高临下地望着法庭。此时,孙天铭的辩护律师开始反驳苏南的言论。

假如让他现在听见林长清和何遇的话题,不知道会有什么表情。

林长清继续道:"我也是请教完一位画家,才明白了为什么你的诡计连相机都能骗过。老电影的背景板很粗糙,或者说看着很假。这是因为不符合绘画中的透视原理,演员跟背景板的透视关系错位了,看起来就会非常不自然。可你不会有这个问题,因为你需要的背景板,本身就是一块平面,那面墙壁。"

林长清从兜里拿出那张检查过无数遍的照片。照片上，戚夕站在窗边，背后那面墙上挂着美术室独有的装饰和那幅巨大的《星空》。

"而且就算是使用了警局的专用计算机，也分辨不了照片上这间美术室是伪造的。"林长清舔舔嘴唇，他口干舌燥。"因为从逻辑上来讲，戚夕背后的那面墙就是美术室那面墙，你将它整个复制了一遍。第四位目击者拍摄到的照片中，有另一张照片的存在。"林长清指着照片中窗户玻璃上的光晕。"除了美术室的墙壁，教室的结构都是相同的。你先将美术室南面的墙壁拍摄下来，然后使用投影仪，将照片整个投影到生物教室的白墙上。证据就是这道光束，是投影的光。"

"怎么断定那是生物教室？"何遇嘴唇微动，目光还是看着法庭。

"因为生物教室丢了一个烧杯。"林长清抽完第二根烟。"那天，跟你预想的一样，你在考场上看到那对小情侣在教务楼的走廊上。你假装吃坏肚子，必须要去厕所，然后利用这短短的几分钟，来到生物教室，打开投影仪，将北面的窗帘拉至恰当的程度，不能让目击者看见教室内的另外两面墙。因为你只伪造了南面的墙，不然目击者就会因为透视角度的缘故，察觉到那面墙只是背景板。之后，你从书包内取出戚夕的头部，像零件一样将它安装到生物教室的人体模型上，给它穿上戚夕的衣服，放到窗边。"

| 章十七 |

点燃第三根烟,林长清继续叙述:"你的计划进行得很顺利,还赶上了唐小宁巡视考场的时机,这是你预期中最好的结果。可是,有一个意外,出现了第四位目击者,他并没有直接去美术室探寻情况,而是停留在了原地,拍下了这张照片。虽然你并不畏惧这种做法,但是你没有了让尸体消失的时机,不可能当着目击者的面挪动尸体。这时,你从另一扇窗户扔下了一个烧杯,借此分散他的注意力,同时将人体模型挪到他看不到的角度。等对方察觉尸体消失,去查看那个碎掉的烧杯时,你关掉了投影仪。自此,谁也没注意到,在那几分钟内,学校有两间美术室的存在。"

"那我又是如何骗过警犬的嗅觉呢?林叔你到学校时,我可还未放学。"

何遇的意思是,当时他可还背着戚夕的头颅。

"警犬只有两条,从未有人想过尸体居然是处在移动中的。你绕开警犬走,就能骗过它们。或许那时你还会和同学们打招呼,和他们开玩笑,跟老师问好……没人能想象,一名少年会背着头颅在校园中漫步……"

"很棒的推理。"何遇打了个响指,似笑非笑地看着林长清,"证据呢?"

林长清指着照片上伪装成美术室的生物教室正下方,在那里有一间光线极暗的教室,从照片上根本看不清内部。

"这间才是真正的美术室。我已经将照片这部分还原过了,虽然很模糊,但能看到那副《星空》的一角。"

"够吗?"

"我会找到戚夕的尸体。"林长清盯着何遇的侧脸,后者根本没有任何吃惊的表现。

"我有更加决定性的证据。"何遇微笑着转过身,不再看法庭。

看着何遇的神情,林长清惊疑不定,不知道他是故作轻松,还是……

何遇站到走廊灯下,漆黑的眸子上泛着诡异的光斑。

"只需要回答我一个问题就好。你……难道……本来就没想过将这个谜底一直隐瞒下去?"

"我只是想弄明白一个问题。"何遇指着孙天铭,"至于定罪的是我还是他,我不在乎。"

法庭上,法官阻止了孙天铭的辩护律师提出反对意见,律师一直抓着孙天铭已承认的罪行和案发现场的矛盾点据理力争,主要的争论点就是消失的尸体和现场的血迹。当然,他们并不知晓那是何遇将戚夕肢解时留下的。

苏南开始叙述关于杜月被杀一案的案情,他将目光扫向旁听席,孙天铭的母亲和杜月的养母坐在第一列。

两人脸上带着同样的紧张,却是不同的期盼。

"林叔,你听说过电车难题吧。某个疯子现在把三个人绑在电车轨道上,一辆失控的电车正朝他们驶来,片刻后就要碾压到他们。这时,你可以拉一个拉杆,让电车开到

章十七

另一条轨道上。可是,那个疯子在另一个电车轨道上也绑了两个人。"

何遇从背后拿出一把短刃,是那把沾过何遇和戚夕血液的短刃。将短刃放在窗台上,何遇用手指轻轻一转,短刃便像陀螺一般旋转起来。

"它就是你的拉杆,你想碾过谁的胸口?孙天铭、邱实、李海还是戚夕、杜月?"何遇走至林长清身侧。

"残害那么多人!仅仅……就为了这个?"

何遇看到林长清的背部在颤抖。

"自出生以来,我就以他人为食,或许我就是恶魔吧。但戚夕死后,我想知道,你们和我究竟有什么区别。"何遇擦着林长清的肩膀走过,"你们难道不想碾过那三个人吗?"

两人背对背站着,那个小小的窗口夹在两人中央,里面的庭审还在继续。

"我去自首的时候,记得告诉我答案。"何遇慢慢走远。

"等一下!杜月为什么会听从你的命令,以自杀的方式去报复孙天铭?"

"你好像搞错了什么,从来就没存在过复仇之类的。从一开始,她就想毁了自己,我只是替她选择了毁灭自己的方式。"

"为……什么?"

"因为愧疚。"

章十八

　　窗外，青蝉趴在被炙烤过的老树皮上，发出嘈杂而微弱的鸣叫。

　　"妈妈，你看！我找到小刀了。"何遇绕过那堆医疗器械，走到妈妈的床榻旁。

　　五岁的何遇在妈妈面前晃动着小刀，得意地跟妈妈炫耀自己的冒险成果。

　　"小河真厉害。"妈妈缓慢地举起手，摘下呼吸面罩，吃力地笑着。

　　"妈妈，还有冒险任务吗？"何遇眼中闪动着期许的光芒。

　　"还有……还有苹果啊，小河你不是最喜欢吃苹果了嘛……咳咳……"妈妈掩面咳嗽了两声，继续微弱而缓慢

章十八

地说道,"快去找苹果吧。"

"遵命!"何遇举起右手,向妈妈做了个很不标准的敬礼。

何遇转身走出卧室,没注意到身后妈妈那逐渐熄灭的笑容。

他先在自己的玩具盒里找了一会儿,才想起来,苹果好像不放在这儿。应该在哪儿呢?在那个洗澡的大池子里?还是……噢!对了!在那个很冷的大铁盒子里。

何遇费了很大劲,才拉开那个大铁盒子上的门。

"嗯……我看看。"何遇几乎整个身子都钻进了冰箱里,"要挑个大一点的,可以和妈妈分着吃。"

"就这个吧!"挑选了半天后,何遇终于选定。

双手捧着一个他认为最大的红苹果,何遇又走回妈妈的卧室。可他还没来得及跟妈妈炫耀,幼小的内心就被眼前所见给撕碎了。

何遇跌坐在地板上,初尝到什么叫作恐惧。

"妈……妈妈……"何遇泣不成声,扒着地板和床单攀爬到妈妈身旁,"呜呜……妈妈……你怎么了……"

妈妈无休止地咳嗽着,说不出一句话。何遇看着妈妈脖子上那道红线,他不知道这代表着什么。

妈妈急促地喘了几口气:"小河……别……别怕,妈妈……妈妈没事……"何遇那时还不知道,那是母亲挤出的最后一丝微笑,他也没瞧见母亲眼中的不忍,"还记得……妈妈和你说过……妈妈,生病了……因为有坏人住在……住在妈妈身体里,你……你……你现在要帮妈妈赶走坏人,知道吗?"

妈妈把掉在床单上的小刀推到何遇手边,指了指自己脖子上的那道红线。

何遇颤抖着捡起小刀,抽泣几下,用衣袖抹掉自己脸上的眼泪和鼻涕。

妈妈似是用尽最后的力气抬起手,摸了摸何遇的头。

"妈……妈妈,我不敢。"

妈妈没有再说话,闭上双眼,嘴唇动了动,好似在说"没事的"。

何遇盯着那道妈妈脖子上的红线,握着小刀的小手僵停在半空中,眼泪又开始止不住地开始滑落。

他下不去手,何遇甚至不知道这么做代表着什么,可他就是下不去手……

"没事的,我来帮你。"脑中的声音回响。

那是何遇第一次听见十三的声音。他感到有一双陌生的手握住了小刀,平复了他的颤抖。

掉落在地板上的红苹果,滚到了床边,红苹果似乎被衬得更红了。

车窗玻璃上倒映着高楼大厦,何遇坐在法院外的出租车后座上,凝视着车窗外。

| 章十八 |

"又在想妈妈去世时候的事？"十三出现在何遇身旁的座位上。

"你怎么知道？"

"这是当然啊，妈妈去世的时候，我才出生，而之后我就一直住在这里。"十三指了指何遇心脏的位置。

"那你知道我现在在想什么吗？"何遇依旧看着窗外。

"嗯……不知道。"十三尴尬地挠了挠头。

"我在想杜月为什么会愧疚。"

"那你怎么知道她很愧疚？"

"感觉。"

"这样啊。"

出租车驶上高架，天空开阔起来。透过楼从中的一个方向，何遇仿佛看见了一个矮小的身影。

"师傅，先去一下市医院，绕路也没关系。"何遇对着出租车司机说道。

"好的。"

几分钟后，一栋白色的建筑慢慢出现在出租车的前方。

"来这干吗？"十三瞄了一眼窗外的医院。

何遇的回答依旧是那两个字——感觉。

"除了母亲的事之外，你是不是还有什么没有告诉我？"何遇走下出租车，但没有走进医院。

"你又没问。"十三撇了撇嘴，已经站在了医院门口的水果店前。

| 二次谋杀 |

"快说。"

"老板,拿了两个红苹果,钱放这儿了。"十三冲着店内喊道,转身就朝何遇扔来一个苹果。"说起来太麻烦,还是你自己看吧。"

何遇接住苹果,同时,一段记忆被十三扔进何遇脑中,和上次十三告诉何遇母亲的事一样,虽然是发生在自己身上,何遇第一次查看这段记忆时,却像旁观者。

开始的画面是漆黑一片,只有声音。

"她现在体征还不稳定,有情况一定要叫我。"

"我十五分钟就会巡察一次。"

"她刚做好心脏修复手术,你一定要注意呼吸机的气压水平,隔半小时调整一次。"

"好的。"

这时,何遇眼前终于亮了起来,他看到五岁的自己躺在病床上,慢慢睁开了双眼。病床两侧和前后都被垂下的帘布包围着,在他右边站着两个人影,声音就是从那儿传来的。

是母亲死后,自己被送进了医院吧。何遇心想。

病床上五岁的自己似乎还很虚弱,并没有坐起来,只能扭动头部。病床上的他转头看向右边,那边是帘布间的缝隙。

何遇随着他的目光看去,一个女孩躺在隔壁的病床上。

原来早就见过她了。

年幼的戚夕嘴里插着气管,气管连通到一台放置在他

244

章十八

们病床之间的仪器上,一个绿色的小灯在仪器上闪烁。

几分钟后,医生和护士退出了病房,何遇听着他们的脚步声慢慢走远。又过了几分钟,另一个脚步声在病房内响起,要比医生和护士的脚步轻得多。

透过帘布,何遇看到一个矮小的身影从自己病床前走过,何遇估计它的年纪和自己差不多大。

它在病房内徘徊了许久,虽然看不见,但何遇感觉它一直在凝视那台连着戚夕的仪器。

就在何遇疑惑的时候,他看见一只小手试图去摁仪器上的按钮。从何遇的角度看不到那人的面孔。

随着手在仪器上胡乱瞎摁,年幼的戚夕开始发出呻吟声,她揪紧床单,眉头紧皱,似乎很痛苦。

这时,何遇看到五岁的自己费力地从病床上坐起,扭过身子,握住了那只在仪器上胡乱摁着的手。

"你想变成跟我一样吗?"何遇听到五岁的自己这么说。

那只手愣住了。

"你会后悔这么做的……"五岁的自己的声音很轻,似乎用完了刚恢复的力气。

病床上的自己又陷入沉睡,何遇眼前的亮光也逐渐变暗。最后的画面是,那只小手颤抖着悬停在红色的按钮上。

记忆到此为止。

十三已经啃完两个苹果,出租车司机正在催促何遇赶快上车,不然他就走了。

何遇没有走进医院。半个小时后,他站在了城外陵园的门口,沿着石板路慢慢往上爬。

天很蓝,鸟儿飞得很轻巧。阳光下,两边的墓碑似乎也带上了暖意。

"你说,我有机会做一个正常的人吗?每天安静地去上学,和同学开无聊的玩笑,放学后有家人在等着我……"

十三抬头看着蓝天,徐徐道:"你现在不就是个普通而平凡的人吗?"

"我的所作所为,难道称不上残忍吗?"

"残忍的是我,不是你。"

"你不就是我吗?"何遇转头看向十三。

"我不是你,我只是你的一部分。"十三摇了摇头,似乎是在数天上有几只小鸟。

"可我只有你。"

"是曾经,你只有我,所以残忍。因为妈妈去世后,你失去了情感,只剩下残忍。"十三伸展双手,交叉放在脑后,"可是,现在你不是只有我了。"

"是吗?"何遇看台阶远处,正有人逐级而下。

"不然为什么肢解尸体、在校园内背着头颅的人都是我,而不是你呢?你渐渐不再只有残忍了。"

人影走近了,十三微笑着看着身着白裙的杜月走至他们身旁。"所以,你选择了救下她。"

杜月和十三停了下来,站在一起,看着何遇慢慢往上

章十八

走。十三又重复了一遍:"现在,你不是只有我了。"

走至石板路的尽头,何遇驻足在一块墓碑前,上面没写名字。

"对不起,那天晚上我说错了话。"

何遇坐下来,他觉得戚夕抬起头看他,会很累。

"那时,我还不知道,女孩最不希望在那种情况下,被喜欢的人夸漂亮。"

何遇轻轻拨开墓碑上的积雪。

"如果……那晚去救你的人不是我,可能……结果会更好。"

拨开的碎雪,融化了,几道水痕从墓碑上流下。

"不过,那晚有一句话我没有说错……"何遇用衣袖擦掉墓碑上滑落的水滴,"我说过,他们会付出代价的,不用怕,我会跟警察说清楚。"

何遇闭上眼,目光回到那天晚上,他握住刀柄、将要刺下的那一瞬间。他还未落刀,她抬起了头,直至刀刃全部没入她身子。

四目相对,她缓缓倒下。

是不想我承受这份罪责吗?

墓碑前,何遇轻轻地扼住咽喉,又慢慢松开。

"没事的,这里已经不会再疼了。"

何遇将红绳从脖子上取下,挂在墓碑上。

风吹过,红绳上的两个虎牙轻轻摆动,仿佛在微笑……